GOBOOKS & SITAK GROUP©

三日月書版

三日月書版

SOULS x SLAUGHTERS
靈魂殺戮
ソウルズ
草子信 著
茶渋たむ 繪
02
輕世代 FW384
三日月書版

SOULS × SLAUGHTERS

CONTENTS

楔子 011

第一夜 重逢（上） 019

第二夜 重逢（下） 043

第三夜 追獵（上） 065

第四夜 追獵（下） 089

第五夜 逃生路（上） 111

第六夜 逃生路（下） 135

第七夜 精神病院（上） 159

第八夜 精神病院（下） 183

第九夜 鬼門關（上） 207

第十夜 鬼門關（下） 229

後記 249

ソウルズ x スローターズ

+ + + + + SOULS x SLAUGHTERS

SOULS SLAUGHTERS

Souls Slaughters

杜 軒 BARISTA DU XUAN

Profile

從小就有「預見」能力，可以被動看見尚未發生的事。
聰明有心計，但心地善良，無法棄他人於不顧。

靈魂型態	技能類別
生者	預見者

SOULSXSLAUGHTERS + + + +

SOULS
SLAUGHTERS
REC
90:12:03
HD
Souls Slaughters
夏司宇
HYENA
XIA SI-YU
Profile
生前是職業軍人，
綽號「不死的鬣狗」。
不苟言笑，總是表現出漠然的態
度，但有著不隨便殺人的堅持。
靈魂型態
死者
技能類別
戰鬥專家
SOULSXSLAUGHTERS

楔子

杜軒醒來的房間中，磁磚鋪滿四面牆壁，天花板上只有一盞鵝黃色燈泡，明明沒有風，卻微微向左右搖晃，像是有人輕輕逗弄著它。

溼氣很重，空氣裡瀰漫著潮溼的味道，待在這裡太久的話，很有可能會發霉。

房間沒有窗戶，唯一的出入口就是右手邊的門，但那裡只剩下門框，沒有門板。

門外面的光線和房間裡一樣，大約隔三步路左右就有一盞燈泡，其中幾盞似乎是因為接觸不良的關係，不停閃爍，盯著看的話眼睛會很不舒服。

杜軒手邊除了鐵條之外，沒有其他武器，房間外又那麼黑，即便沒有半點聲音，還是會讓人覺得似乎有什麼東西躲在裡面。

未知的情況令人緊張，心跳難以平靜。

這裡，就是那個聲音所說的「地獄」嗎？

杜軒很想知道自己為什麼會被那個聲音的主人帶到這裡來，還有就是其他人的情況是不是和他一樣，所以他必須盡快離開這個房間，不管願不願意，只有主動出擊才能找到線索。

「感覺又回到起點。」

他喃喃自語，語氣裡滿是無奈。

才剛覺得自己好像找到一群還不錯的同伴，沒想到眨眼間又變成獨身一人。

孤獨不可怕，兩手空空面對未知的敵人，才是最可怕的事。

杜軒嚥下口水，鼓起勇氣跨出房間。

啪答。

清脆的水響從腳下傳來，杜軒低頭，這才發現外面地板有不少小水窪。地面凹凸不平，有些磁磚被破壞，水泥外露，有些則是破損，看起來尖銳可怕，要是滑倒摔下去的話，就可能被劃傷。

他小心翼翼地前進，試著繞過水窪，盡可能不要發出聲音，但難度有點高。視線不佳，加上很難判斷腳底的路是什麼情況，所以他只能提高警覺。

不知道該說幸運還是不幸，除了他之外沒有任何人在的樣子。

從房間和外面的裝潢，他沒辦法判斷這是什麼樣的地方，不過可以確定的是，他的位置是在地下二樓——因為他來到寫著大大的「Ｂ２」字樣的樓梯口。

旁邊雖然有往下的樓梯，但是被拒馬和鐵絲賭住。

樓梯看上去很完整，他原本還以為會破破爛爛，甚至還有踩空摔下去的可能，看樣子是他多慮了。

他抓著扶手往上走，因為樓梯上散落許多水泥碎塊，只能攀爬越過。幸虧水泥塊堆的結構夠穩，所以他並不覺得危險或是有困難。

好不容易往上爬一層樓後，杜軒拍拍衣服上的灰塵，抬起頭。

當他看到樓梯旁寫著的字體，立刻驚訝地瞪大雙目，說不出話。

B２。

和樓下一樣，這層樓的牆面上也寫著同樣的英文和數字。

「不會吧？這是怎麼回事？」

無論是從房間離開後的潮溼空間，還是爬上樓梯的這段路，都沒有半扇窗戶，所以他自然就認為「B２」代表的是地下二樓的意思。

可是，連續兩層都用同樣的英文數字，這種事有可能嗎？

而且這裡跟底下一樣，通往樓層的出入口都用鐵絲和拒馬封住，從樓梯這邊看不到裡頭有什麼。

「不行，得再往上走看看。」

他需要找到一扇窗，或是找到更有力的線索，來確定自己身處何處。

杜軒選擇繼續穿過滿是雜物的樓梯往上爬一樓，辛苦努力過後，他來到了上層。

果不其然，這層樓的牆壁上也是一樣的英文和數字。

B２。

清清楚楚，完全沒有毀損，也讓杜軒感到頭疼不已。

這層的樓梯口雖然沒被封住，但是被大塊的水泥塊堵住，要花點力氣才能鑽過去。

「呃啊……這下麻煩了。」

開始呈現放棄狀態的杜軒回頭看向樓梯，頓時充滿迷惘。

現在他真的不知道該往上還是往前，甚至連自己該往哪走也沒有把握。

想起剛剛那個威脅著要殺死他的「聲音」，杜軒的背脊突然一陣發冷。

「不行，不可以慌張。」他用雙手狠狠拍打自己的臉頰，重新振作起精神。

杜軒決定繼續往上層走，試看看能不能找到其他出路或線索，結果才剛跳過眼前斷裂的階梯，來到樓梯轉角，安靜的建築突然傳出恐怖的巨響。接著，是刺耳的慘叫聲。

「嗚啊啊啊啊——！」

慘叫聲沒有持續太久，很快就消失，周圍再次變得鴉雀無聲，只剩下他自己的心跳。

杜軒回頭盯著下方的樓梯口，即便隔著水泥塊堆，他還是隱約能看見後面有人。但是，給他思考的時間很少，因為他聽見巨響聲離自己越來越近，就像有個噸位不輕的人在水泥塊後方的走廊上快速奔跑。

「不！不要！」

從水泥塊夾縫中，能看見一隻手正在努力撐起身體的重量往上爬。

隨著聲音越來越近，杜軒知道對方在逃避的就是那個快速奔跑的東西，於是立刻跳過去，一把拉住那隻手。

「嗚哇！什、什麼？」

「不要亂動，我拉你上來！」

杜軒大聲跟對方說，對方也很快停止掙扎，用盡全身力氣往外爬。

最後終於——在巨響聲到達之前，杜軒成功把人從水泥塊之間拉了出來。

兩個人氣喘吁吁的坐在地上，一時半刻還沒辦法回神。

杜軒往縫隙的方向看過去，什麼也沒看見，但有影子在晃動。

「謝謝你……」

被杜軒拉上來的男人滿頭大汗，用僅存的力氣向他道謝。

「沒事，舉手之勞。」

杜軒很自然地回答，接著轉頭看向對方。

當他看清楚男人長相的瞬間，杜軒當場傻眼，下意識喊出對方的名字。

「梁、梁宥時？」

男人聽見自己的名字，困惑地盯著杜軒。

「你怎麼會認識我？」

「是我啊，我們之前在學校見過不是嗎！」

「……抱歉，我沒去過什麼學校，也沒見過你。」

梁宥時看上去並不像在說謊，他對於杜軒說的話顯然一頭霧水。

杜軒張著嘴想要說什麼，但一句話都說不出來。

這個人明明就是梁宥時，為什麼——他看著自己的眼神卻像是陌生人？

到底是怎麼回事？

第一夜

重逢（上）

杜軒和梁宥時面面相覷，氣氛顯得有些尷尬。

梁宥時心有餘悸，不時往樓梯底下看過去，似乎是在擔心剛才追殺自己的「東西」會衝上來。

見狀，杜軒便問道：「剛才你是被什麼人追著跑？」

「不……不是人……那根本是怪物……」

梁宥時顫抖著回答，臉色鐵青，他已經不在意為什麼杜軒會知道自己的名字，反而因為見到活人而感到安心。

杜軒搔搔頭髮，率先起身，把手伸向他。

「總而言之，我們先離開這裡。」

梁宥時抬起頭，不安地問道：「要、要去哪？這裡根本就沒有安全的地方……」

看來梁宥時與他記憶中的人沒什麼差別，仍因恐懼影響思緒而顯得不穩定。

第一次在校舍遇見他的時候，他一開始還算冷靜，後來卻越來越被恐懼影響，選擇放棄掙扎。

就像現在一樣。

難道說，梁宥時當時並沒有成功回到現實世界，而是被帶到了這裡來？

這怎麼想都覺得奇怪，明明破除詛咒後就能回到現實，是這個世界不變的定律。

除非——梁宥時不是生者，是死者。

「不管去哪都比待在這裡不動來得好，再說，兩個人總比一個人獨處更安心，不是嗎？」杜軒故意威脅他，「但若你想獨處，那我就不打擾了。」

說完，杜軒把手收回，而梁宥時的反應就和他猜的一樣，立刻拉住他的衣服，渾身顫抖，拚命搖著頭拒絕。

「不、不要……拜託不要丟下我一個人……」

「那就不要浪費我的時間。」

杜軒的態度很冷漠，但行動上還是很顧及梁宥時。

他並沒有真的打算把梁宥時丟下，只是像他這種類型的人，如果不稍微刺激一下，根本不會願意移動。

另外，還有一個重點，同時也是讓他確定梁宥時是生者還是死者的關鍵。

梁宥時「主動」伸手拉住他，並沒有遠離，也就是說，他是生者。

最關鍵的判斷要點，就是自己用外套纏著掛在背後的那根鐵條。

「你是什麼時候到這裡來的？」

「我也不知道……醒來之後就已經在這裡了。」梁宥時的嘴唇發白，微微顫抖，「我只是想出去看看這裡是哪裡，結、結果就看到有人被追……然後變成肉泥……然後……」

梁宥時很恐慌，沒辦法好好把話說清楚，但杜軒還是能夠從他支離破碎的語句裡明白他想表達的內容。

看樣子剛才慘叫突然停止的原因，就是因為發生者被某種東西殺死了，而那東西後來發現梁宥時，追殺過來，卻沒能成功。

依照梁宥時的形容，那恐怕是個身材高大、力量特別強的怪物。

這裡該不會和那座森林一樣，是「狩獵場」？

不行，他還需要更多線索。

「總而言之，我們先想辦法搞清楚這裡是哪裡，再來找保護自己的方法。」

「呃、我……我知道了。」

梁宥時一直拉著杜軒的衣服，跟在他身後。

因為他離自己太近，杜軒很難行走，慶幸的是這層樓並不像樓下那樣潮溼，地板也比較完整，沒有受到破壞。

只不過，視野仍然不是很清楚。

這層樓分隔出許多房間，走廊也不只一條，而是左右各還有一條，共三道平行的走廊，至於垂直的走廊數量，他沒有辦法計算出來。

每間隔間都是半面牆壁、半面玻璃窗的設計，能夠清楚看到內部像是辦公室般的布置，門把則是使用電子鎖，沒辦法輕鬆進入。

不過，並不是每間辦公室都只能從門口進入。

杜軒發現有幾間辦公室的玻璃窗破損，正好能夠進去，於是就對梁宥時說：「我去裡面看看有沒有什麼能用的，你不想跟的話就在這裡等我。」

梁宥時點點頭，鬆開手，站在走廊盯著杜軒的一舉一動。

杜軒翻找辦公桌和櫃子，裡面有許多文件，電腦看上去很老舊，是二十幾年前會使用的那種大型電腦。

他嘗試開機，沒想到還真的能開，只不過需要密碼，所以沒辦法使用。

雖說在電腦這裡碰了壁，但也不是說完全沒收穫，因為他在旁邊的衣架上發現自己的胸包莫名其妙地掛在那。

感覺像是被人刻意放在這裡的，只是不知道原因。

他拉開拉鍊檢查裡面的東西，果然，全都不翼而飛，杜軒只能無奈地把空胸包重新背好。

物資而已嘛！再找就有，他才不會因為這樣就受到打擊。

拿完需要的東西後，杜軒從窗戶跳出來，回到梁宥時身邊。

他從胸包裡拿出剛剛翻到的手電筒，對著梁宥時的臉打開電源。

「哇！」

梁宥時嚇了一跳，還沒反應過來，就看到杜軒把手電筒扔給他。

「小心拿好。」

「這、這樣會不會太顯眼，萬一被那東西看見的話……」

「從你的敘述來看，那東西體型應該很大，而且噸位不輕，要聽見腳步聲應該不是什麼難事。」

「沒問題嗎……」

「要是你這樣畏畏縮縮的，不知道要花多少時間才能找到離開這裡的方法。」

「離、離開……是要找出口？」

「不。」杜軒轉過頭，「是要找到解除『詛咒』的辦法，為此我們得搞清楚這裡到底是怎麼回事。」

「詛詛詛……詛咒！」

梁宥時聽完後很慌張，杜軒卻很冷靜。

坦白說，他現在還沒確定這裡究竟是「遊戲」還是「狩獵場」，會那樣說也不是故意嚇梁宥時，而是要確定他是在裝傻還是真沒參與過遊戲。

從他充滿恐懼的反應來看，梁宥時似乎真的不知道「詛咒」的事情，這很奇怪，因為他明明就和自己一起經歷過校舍那場遊戲，不可能會不知道才對。

現在的梁宥時，就像是被刪除記憶的白紙，什麼都不知道。

「不用太過慌張，只要你別大驚小怪、乖乖聽我的話，我就能確保你的安全。」

「知……知道了……」

杜軒嘆口氣，自己明明就很討厭這種麻煩事，但還是會忍不住出手。不知道是不是因為之前都和夏司宇他們一起行動的關係，杜軒覺得自己的膽子似乎比以前還大一點，不像在校舍那時躲躲藏藏的。

「我們繼續走吧，看能不能至少找到一扇窗之類的。」

依照建築構造來判斷，照理來說，左右兩條走廊應該會有窗戶才對。好消息是，他們確實有找到窗戶，壞消息則是窗戶的位置過高，根本和天花板貼在一起，想看也看不見。

感覺上這個窗戶只是用來通風，並不是觀景用的。

「果然沒那麼簡單。」

「現在該、該怎麼辦？」

「只好從內部來找線索。」杜軒勾起嘴角，態度十分輕鬆，「這裡就是取得情報的最佳地點，我們來找找看有沒有關於這棟建築的線索。」

「說、說得也是！或許能找到地址什麼的，這樣至少能知道自己在哪裡。」

地址？

杜軒覺得梁宥時說的話有點奇怪，因為他們是被困在死亡空間。但從梁宥時的態度來看，他似乎並不認為是這樣。

杜軒沒有當面糾正，而是默默在心底記上一筆。

他原本打算兩人分頭進行，但梁宥時一直跟著他，雖然沒有扯他的衣服、害他難以行走，卻始終保持三步左右的距離，確保杜軒在他的視線範圍內。

杜軒沒辦法，只能和他一起搜索。

坦白講，這樣效率有夠不行，但看梁宥時的模樣，確實是沒辦法單獨行動。若梁宥時遇到危險，很可能也會波及到自己，所以與其讓他遠離，不如留在身邊看著還比較安全。

這層樓並不是每間辦公室都有辦法進入，不過從能進去的辦公室裡，他確實有找到一點線索。

所有的文件紙張上都印有機構名稱，上面清清楚楚列著「精神醫療機構」六個大字，但前面的機構名稱卻被劃掉，看不清楚。

不是只有他手上這張，每一份文件、每一張紙，全部都沒有機構名稱。

杜軒面有難色，「精神醫療機構」指的不就是精神病院的意思嗎？

「感覺不太妙。」杜軒把文件放回鐵櫃，用手電筒照射周圍的環境。

以這裡的建築構造和器具來看，感覺不像是新設機構，而是有至少二十年的歷史，而且從破舊、毀損的程度也可以判斷出來，這裡已經被棄用了很長一段時間。

兩人持續尋找有沒有其他有用的線索，可惜，除了知道這裡是什麼地方之外，什麼也沒有。

能使用的武器，頂多就是他從抽屜裡找到的生鏽美工刀。

梁宥時一臉擔憂地問道：「接下來該怎麼辦？」

「你在樓下有見到其他人，表示這棟建築裡很可能不只有我們。」

「可、可是那個人已經死、死了……這裡又這麼安靜……」

「其他人可能在不同樓層，或是躲起來了。」

「就算是這樣，找出來也沒什麼好處吧。」

「我們現在需要的不是同伴，而是線索，如果說其他人有掌握我們不知道的情報，那麼找到他們就是很重要的事。」

「好……好吧……」

好不容易說服梁宥時，杜軒接著回到樓梯口，繼續往上層走。

杜軒感覺這裡和他之前玩過的「遊戲」不一樣，他說不出理由，就是種直覺，因為他以往參與過的遊戲空間，都不曾像這次那麼的安靜，就連「怪物」也看上去沒那麼積極。

樓下的那隻「怪物」明明就可以直接衝上來追殺他們，但是並沒有，而是選擇默默退回去，所以杜軒猜測，可能他無法離開那層樓。

不過，想要找到解開「詛咒」的線索，就必須去接觸怪物，雖然不太願意，但他必定要去樓下走一趟。

另外，還得去找夏司宇他們。如果他們也掉到這個地方來的話，比起帶著梁宥時這個拖油瓶，有他們一起行動，成功機率會高很多。

這還是他第一次來到這麼安靜的「空間」，以前總是立刻就遇上危險，這次卻意外的安靜，反而讓人更加不安。

「上、上面感覺好像變冷了。」梁宥時忍不住抱著手臂顫抖，「溫度是不是有點低？」

確實就像梁宥時說的那樣，這層樓的溫度比下面幾層還要低。

不過，這裡明顯比樓下還要寬廣，隔間數量也比較少，走廊的坪數大很多，甚至還有綠色盆栽和掛畫等裝飾品，以及柔軟又漂亮的地毯。

杜軒還特地走回樓下看了一眼，再重新回到這層，確認他不是穿越或是看到幻影。

結果並不是，這裡就是長這樣。

「這是怎麼回事？」梁宥時相當困惑，他不懂為什麼會有這麼大的差別。

「總之，小心點。」

梁宥時點點頭，又貼到杜軒身邊。

杜軒朝他翻了個白眼。

他的意思不是要他黏著自己，是要他留意周圍情況！

在校舍那時沒有跟梁宥時一起行動，真的是萬幸，沒想到他這個人這麼麻煩。

話雖如此，當時他還是為了幫助梁宥時努力了一把。

這層樓看上去很讓人安心，溫度卻低得誇張，在了解情況前，他們可能得先想辦法取暖。

「你別靠我這麼近。」

「沒、沒辦法，我冷……」

「還沒冷到需要用體溫來取暖。」

杜軒邊說邊把人推開，但梁宥時抵死不從。

打鬧的兩人，完全沒注意到有個人影靠近，直到對方主動出聲，他們才意識到這個人的存在。

「歡迎兩位。」

杜軒嚇了一大跳，而梁宥時則是差點沒從地上彈起來。

他們同時轉過去看著出聲搭話的人，那是名穿著白色衣裝、白色鞋子的護理師。

因為看上去很「普通」，再加上這層樓的氣氛很和平，所以並不會讓人感覺到可怕。

「太、太好了！終於見到其他人了。」梁宥時很開心，露出燦爛的笑容。

但杜軒不同，他瞇起眼眸，從頭到腳打量這個不知道從哪冒出來的陌生人。

對方笑盈盈的，像是接待重要客人般，很有禮貌地說：「請問兩位今天是來做什麼樣的療程？我們這裡有水療、電療，還有壓力測試和一對一心理諮詢。」

「欸？」梁宥時愣在那，開始冒冷汗，「我、我們不是來看病的，我們是想……」

在他說出口的瞬間，護理師的臉突然變得猙獰可怕。

梁宥時被嚇到臉色發白，被杜軒抓住手腕拉到身後去。

杜軒自己也很害怕，可是現在不能慌張。

果然這層樓……不是「普通」的地方。

「……慢慢往後退。」杜軒小聲對梁宥時說，「不要回頭，到樓梯就直接衝到樓下去。」

梁宥時已經說不出話，只能傻傻地猛點頭。

「請問兩位要做什麼樣的療程？」

護理師的聲音，不像剛開始那樣溫和，而是低沉、帶點沙啞。

就好像喉嚨裡卡著什麼東西。

「我們這裡有水療、電療，還有壓力測試和一對一心理諮詢。」

他重覆同樣的句子，揚起的嘴角快要貼近耳垂，幾乎將整張臉切成一半。

護理師一步步往前，兩人慢慢後退。

杜軒計算著他們與樓梯之間的距離，在確定能夠跑得到之後，立刻對梁宥時大喊：「跑！」

梁宥時二話不說，拔腿衝向樓梯。

明明他們剛才上來的時候，樓梯口什麼都沒有，現在卻憑空冒出了鐵捲門，正以緩慢的速度由上而下關閉。

梁宥時硬著頭皮，使出吃奶的力氣狂奔，趕在關閉前成功衝過去，而與他相距不遠的杜軒，要趕在關閉前逃出去也沒有問題。

然而，事情沒有杜軒想的那樣順利。

他原本打算用滑壘的方式從鐵捲門底下鑽出去，眼看就要成功的瞬間，有隻手抓住了他的肩膀。

杜軒轉過頭，看見距離他很遠的護理師，不知道什麼時候站到他身後，此刻臉部完全被黑暗籠罩，看不清楚模樣。

突然燈光一暗，原本光鮮亮麗的樓層變得漆黑一片，只剩下逃生出口的綠色指示燈在閃爍。

明暗之間，杜軒感覺到抓住肩膀的手已經消失，這層樓也變成另外一種樣貌。

骯髒、破舊，像是經歷過暴風雨，空氣中瀰漫著潮溼的臭味，牆壁上滿是血跡，甚至柔軟的毛地毯上也留有清晰可見的拖曳血痕。

天花板的日光燈遭到破壞，閃爍著電光，加上溼答答的地板，彷彿一個不小心就可能會觸電。

杜軒嚥下口水，沒想到自己會這麼倒楣。

「早知道就不該把手電筒給那傢伙。」

這下可好，他真的要想辦法靠自己了。

「希望梁宥時沒事……」

杜軒壓低聲音，小心翼翼觀察周圍。

溫度似乎比剛才低很多，呼出的空氣，一眨眼就變成白霧。

沒有穿外套，只有一件單薄短袖的杜軒，冷到不斷打寒顫。

現在不是顧及別人的時候，他得找找看有沒有其他路能夠離開這裡。

杜軒慢慢往前走，越往前，溫度就越低，終於他有點撐不住了，便轉移目標。

「不、不行……這樣下去我會先被冷死。」

他不可能把綁著鐵條的外套拆下來穿，雙手如果都被物品限制的話，遭遇危急情況可能會反應不過來。

而且他也很確定，剛才抓住自己肩膀，故意把他往後拉的那個「人」並不是死者。也就是說，那個看上去像是「人類」的護理師，很有可能是這層樓的怪物。

杜軒忽然靈光一現，無意間發現重點。

「這層」的怪物……是啊，他怎麼會沒想到？

照這情況來看，應該每層樓都會有一隻怪物，而梁宥時遇見的怪物沒有追來的原因，很可能就是受到樓層的限制。

不過他的猜測還有待修正，因為很多隔間的那層，以及他醒過來的那層，都沒有怪物出現，所以還沒辦法確定是不是真的每層都有專屬怪物。

怪不得那個護理師剛才會阻止他離開這層樓，這樣解釋就說得通了。

「不管怎麼說，我現在最需要的是保暖物品……還有武器。」

他已經冷到快要走不動，再繼續這樣下去，就算怪物不出現把他幹掉，他也會因低溫而死。

杜軒隨便開了一扇門，很幸運的，他在這裡的鐵櫃裡找到醫生長袍，雖說沒有多少保暖能力，但至少比現在強。

穿上後，算是稍微緩和失溫的情況，不過他沒有找到能使用的武器。

他只能繼續往前走，周圍越是安靜，就越讓人感到不安，對未知的恐懼也逐漸增加。

很快的，他看到天花板上有閃爍綠光的標誌。

「是……出口？還是通道？」

明明是逃生出口標誌，但上面的圖樣卻不是白色小人加門框，而是白色小人搭配箭頭，指向前方。

沒有任何文字搭配，只能看圖說故事，根本讓人滿頭霧水。但說實在話，杜軒現在也沒有什麼選擇餘地，只能硬著頭皮過去看看。

才剛下定決心，突然，逃生出口標誌的燈光瞬間熄滅，周圍的其他照明也消失，就像電力被某種存在干擾了一樣。

一時之間，四周伸手不見五指。

杜軒聽得見自己的心跳聲，以及慢慢逼近的腳步聲。

不到三秒，那個聲音已經在他身後。

杜軒背脊發冷，立刻轉過頭去，但什麼也沒看到。

就在他才剛要安心的瞬間，一雙冰冷的手從背後環住他的脖子，那霜雪般的觸感，讓人打從心底感到恐懼。

想要逃跑，雙腿卻彷彿被凍住，無法動彈。

視線往下挪動，他才發現不是只有這兩條手臂，他的胸口、腹部，甚至是大腿上，都被同樣的手臂捲住。

他感覺不到這些手臂的重量，但是被碰觸到的地方，全都酥酥麻麻，像是打了麻醉藥。

力氣正在慢慢流失，意識也開始模糊不清。

「唔……不、不行……不能昏過……去……」

杜軒雖然用聲音提醒自己，卻無法抵抗倦意。

他的大腦也彷彿被凍結般，一點一點失去思考能力。

就在他漸漸站不穩、軟倒下去的瞬間，一隻強而有力的手臂環住他的腰，支撐住他的全身。

那條手臂和那些冰冷詭譎的手不同，有著強韌的肌肉線條、麥色皮膚，好像在哪見過。

「嘖！」

耳邊傳來不屑的咂舌聲，接著，這個人將扒住他的所有手臂全部拽掉。

他似乎聽見寒風中藏著細微的慘叫聲，接著四周再次安靜下來，杜軒的體力也瞬間恢復。

像是從夢中猛然驚醒一般，杜軒抬起頭，倒抽口氣。

「呼啊！」

他用力呼吸，像是要用最短時間補足肺部缺乏的氧氣，接著不斷咳嗽。

進入肺部的空氣太過冰冷，導致喉嚨乾澀，讓他像是被嗆到般說不出話。

好不容易緩和下來後，他才發現那條強壯的手臂仍環著他的腰，沒有鬆開。

「沒事吧？」

低沉且沒有任何溫度的嗓音，從他耳邊傳來。

杜軒轉過頭，看著離自己的鼻尖不到三公分距離的那張俊臉，愣了半秒。

「……夏、夏司宇？你怎麼會在這？」

「當然是來找你的。」夏司宇壓低視線，看上去不是很高興，「這地方比狩獵場還危險，不是像你這種沒頭沒腦的生者能夠來的地方。」

「哈、哈哈……那還真是謝謝了。」

說真的，夏司宇傲慢的態度還是讓人拳頭變硬，不過杜軒很高興能在這裡見到他。

比起那把生鏽的美工刀，夏司宇才是更可靠的「武器」。

兩人才沒說幾句，冰冷的空氣中又傳出人類悲鳴的聲音。

雖然很細微，但在這個安靜的空間裡，還是能聽得一清二楚。

「有話待會再說，先帶你離開。」

「嗯……好。」

杜軒沒力氣反駁，只能任由夏司宇把自己拎著走。

緊張的心情終於能夠稍微鬆懈下來，壓力也跟著減輕不少。

然而，兩人前方的走廊卻被無數條拉長變形的手臂封住，手臂相互纏繞交織，沒有留半點空隙，說穿了就是不打算放他們過去。

夏司宇停下腳步，斜眼往後方看，果然，後面的走廊也用同樣的方式被封住。

整層樓迴盪著又哭又笑的聲音，似乎是在低喃些什麼，但是太過細微，所以聽得不是很清楚，但是帶給人很大的心理壓力。

「無路可走了。」

「欸！真假？我們出不去了嗎？」杜軒很緊張，但夏司宇的態度卻異常冷靜。

他隨便找了間離自己比較近的隔間，開門進去之後，把杜軒放下來。

「先找個地方躲，要讓『它』沒辦法發現你的存在，才能讓『它』鬆懈。」

「你說的『它』，是這層樓的怪物嗎？」

「那東西比怪物還麻煩，怪物沒有思考能力，但『它』擁有判斷能力、擁有智慧，所以才難搞。」

既然連夏司宇都這麼說，就表示那東西真的很危險，於是杜軒二話不說，乖乖照他的話去做。

這個隔間看上去很像視聽教室，有許多單人椅整齊地排列著，全部背對投影機，面向前方的手拉投影布簾。

能夠看得這麼清楚，是因為投影機的燈光閃爍不定，光芒足以照亮周圍。

手拉投影布簾後方是長型白板，寬度只比牆壁短一點，看上去尺寸很不搭。

杜軒根本想不到這裡有什麼地方能躲，夏司宇倒是在環顧一圈後走到講桌前，示意他過去。

「你該不會要我躲在這麼顯眼的地方吧？」

杜軒一臉狐疑，躲在這裡不是很容易就被發現了？

但看到夏司宇那副面無表情、連解釋都懶的態度，杜軒也只能放棄爭辯。

「知道了知道了，我躲這裡就是了。」

沒想到他才剛鑽進去講臺底下，就聽見門被用力撞開的巨響。

他下意識全身一顫，卻被夏司宇壓住肩膀。

夏司宇蹲在他面前，將食指貼在唇上，示意他安靜。

杜軒點點頭，把身體往裡面縮，盡可能用陰影擋住自己。

見他躲好，夏司宇抽出軍刀，一刀劃開左掌，並將自己的血塗在講臺周圍，形成一個小圓圈。

杜軒被他的舉動嚇到，他很想開口問，但沒有那個機會。

視聽室裡的溫度又開始驟降，和走廊的低溫很接近，也就是說「那東西」進來了。

隨後他看見夏司宇站起身，離開他的視線範圍，但他能感覺到他站在講臺旁邊，沒有離開。

夏司宇看著那扇被人撞飛的門，蒼白且半透明的手臂，一條條伸進來，延著牆壁和天花板慢慢攀爬，彷彿快速生長的樹根。

手臂數量很多，多到沒辦法算清楚，而且它攀爬的速度很快，轉眼速度就已經占據四面牆壁以及天花板和地面，甚至連桌椅、投影機都不放過。

就像是，在地毯式搜尋某個「人」。

杜軒可以聽見窸窸窣窣的聲音，令人毛骨悚然。

他乖乖照著夏司宇的指示，安靜不動，甚至連呼吸都變得小心翼翼。

這些手臂仔細摸索視聽室的每個角落，除了兩個地方被它刻意繞開。

一個是夏司宇站的地方，手臂並沒有主動碰觸他，甚至有避開的意圖；另一個則是他的血畫過的範圍，就像是驅蟲粉，它們也刻意閃掉那個區塊。

看來這就是夏司宇的用意。

手臂撲了個空，找不到目標的它們，很快就從門口退出去。

夏司宇還特地等了幾分鐘，確保手臂沒有回頭搜查，才蹲下來對躲在講桌底下的杜軒說：「沒事了。」

說完，他伸手把杜軒拉出來。

杜軒心有餘悸，被手臂環繞的觸感到現在還烙印在皮膚上，揮之不去。

夏司宇還以為他是因為冷的關係，便強制把他身上的醫師長袍脫掉，換上自己的黑色長外套。

「這樣好一點沒？」

「嗯，溫暖多了。」

黑色長外套比較厚，還能防風，杜軒非常滿意，忍不住縮起脖子，往衣領蹭了幾下，享受得來不易的溫暖。

夏司宇摸摸他的頭。

「才一下子不見，怎麼覺得你變得越來越像隻貓？」

「你說誰是貓？」

杜軒不滿地朝他翻了個白眼，沒想到竟看到夏思宇勾起嘴角，輕輕笑著。

「我們還是得想辦法離開這裡。」夏思宇往他的臉頰抹上自己的血，這回真的把杜軒嚇得不清。

他像是炸毛的貓咪，頭髮豎直、冷汗直冒。

「你、你幹嘛！」

「那東西不會碰死者，因為我們算是……同事？」夏司宇不太確定自己的用詞正不正確，歪頭想了想，但沒能想到其他適合的說法，果斷放棄。

「總之，你不要擦掉，就算覺得噁心也要忍著。」

「唔呃呃……你的手不要緊吧？」

「不要緊，流點血而已，不會影響到我的行動。」

「裝什麼帥？你的手明明到現在都還沒止血，我就不相信你真的沒感覺。」杜軒邊說邊把他的左手抓過來看，果然，傷口很深又還在流血，根本不像沒事的樣子。

「只要你把那根鐵條扔掉，我就真的沒事了。」夏司宇無奈地說，「你明知道它會影響死者的能力，所以我的傷口恢復速度才會變得這麼慢。」

杜軒嘟起嘴，「我可不會因為你說這種話，就把鐵條扔掉。」

「沒關係，我也覺得你留著鐵條會比較安全。」

夏司宇再次向他伸出手，杜軒悶悶不樂地回握住。

他的態度雖然冷漠，實際上卻是個很照顧人的老好人，要不然也不會回過頭來找他，還幫他躲過危險。

相較之下，不就顯得他很廢，只會拖人後腿嗎？

越這樣想，杜軒的內心就越不平衡。

「這裡很危險，千萬不要離開我身邊，知道沒？」

「既然跟你會合了，我當然不會離開你半步。」

「那就好。」夏司宇態度嚴肅地垂下視線，「我們走。」

說完，兩人便一起離開。

第二夜

重逢（下）

「你是從哪裡冒出來的？」

「這邊。」

回到走廊後的兩人，雖然暫時沒有危險，但最重要的問題還是沒有解決。相互交纏的手臂仍堵住他們前進的路，而那裡似乎正是夏司宇過來的方向。就像是不打算放他們離開一樣，走廊前後都被手臂封死。

即便沒有被抓到，卻也成為籠中鳥，哪都去不了。

「該怎麼辦？這樣下去我們只能待在這裡等救援？」杜軒雙手環胸，大口嘆氣，「還是說要等看看大叔會不會來幫我們？但前提是他也有被帶到這裡來。」

「我想，我們五個人應該都在這裡。」夏司宇垂頭盯著他，十分有自信地說出判斷，但這樣沒憑沒據的，很難讓人信服。

「你知道這裡是哪裡，對吧？」

「嗯，以前來過，不過我沒有在這裡待很久。」

「什麼意思？」

「我剛才說過，那些東西不完全算是怪物，而且我想你應該也很確定，它們同樣不是死者。」

因為有鐵條在身邊輔助的關係，杜軒確實很篤定那些東西都不是死者，但，既不是怪物，也不是死者的話，那麼「它」究竟是什麼？

「你遇到的那個東西，是被困在這裡的生者靈魂，但他們並不知道自己還活著，只是瘋狂地進行自己的『執著』。」

「生者？你、你的意思是說，我看到的那個護理師跟我一樣都還活著？」

「至少目前是這樣沒錯，但你也知道，生者的靈魂不能在這裡待太久，所以一段時間後，生者的靈魂就會被這個空間同化，成為怪物。」夏司宇指著地下說：「底下幾層『怪物』，就是這些靈魂被同化後的姿態。」

杜軒懂了。

追殺梁宥時的「怪物」，原本也和他在這層遇到的護理師一樣，都是普通的靈魂，只是因為時間過久而變成了「怪物」，從此被困在這裡，無法離開。

「變成『怪物』後就沒辦法離開這棟建築了嗎？」

「嗯，沒錯。」

「難道那些生者不知道會變成這樣？」

「就算知道也走不了，這棟建築營造出的『氣氛』會影響你們的思緒。」

「什麼意思？」

夏司宇瞇起眼眸，「以你的智商，聽到我這麼說之後，應該就能猜出來了。」

「之前還罵我沒頭沒腦，現在突然稱讚我是怎樣……」

杜軒不由得冷汗直冒，他確實有個推測，只不過，這想法實在有點恐怖。

依照夏司宇提供的情報來判斷，他幾乎可以確定一個事實——

「該不會，這棟建築本身就是『怪物』？」

夏司宇面無表情，沒有否定，但也沒有給予肯定的回答。

兩人的對話倏地中止，因為又有手臂出現在天花板上慢慢滑動了。

「喂……夏司宇，你有離開這裡的辦法嗎？」

「『它』不會對死者出手，只會獵捕生者的靈魂，所以我很容易就能離開。」

「你該不會要把我丟在這？」

「要是真的不打算管你，我就不會來找你。」

「那你好歹說些什麼，給我一點希望。」

「嗯——」夏司宇摸著下巴思考，想了半天才回答：「雖然很難，但不是真的逃不出去，別灰心，加油。」

說完，他還翹起拇指，給了杜軒一個讚。

杜軒只想掐緊拳頭，朝他的臉揍下去。

「為什麼現在都跟我之前玩過的遊戲差這麼多，我到底是多倒楣……」

「我倒覺得不是你的運氣問題。」夏司宇的表情非常認真，甚至有點不爽的感覺，「像這樣突然被轉換到其他空間去，本來就是不會出現的狀況，我反而想問你到底是怎麼回事。」

「呃、我也不知道。」杜軒搔搔頭髮，他覺得先不要跟夏司宇說實話比較好。他聽到的那個「聲音」，蘊藏著想要殺他的意圖。

若真的有人隱藏在這個世界的暗處，打算置他於死地的話，那麼，他就必須比以前更加小心。

夏司宇盯著杜軒的臉，沒有繼續追究。

「這些手臂肯定有『源頭』，它們不是突然冒出來的。」

「跟那個不知道跑哪去的護理師有關？」

「我是沒看到你說的護理師，如果有的話，很可能就是他。」夏司宇環視周圍，「但，我們已經在這裡停了這麼久，他都沒有現身，所以也沒辦法確定是不是他在背後搞鬼。」

「我可不要傻傻待在這裡不動。」或許是因為身體感到溫暖的關係，杜軒的腦袋也慢慢變得清楚，比較好運轉、思考。

但他心裡很清楚，最主要的原因並不是這樣，而是因為有夏司宇在身邊，心裡比較有底，行動起來也讓人安心。

雖然他不太想承認這種事，卻是不爭的事實。

「看樣子你稍微振作起來了。」

「剛才我是因為太冷所以反應比較遲鈍，別小看我。」

夏司宇聳肩，不打算爭論。

「那，你想怎麼做？」

在這個不是遊戲，沒辦法利用「詛咒物品」來逃脫的情況下，他很期待杜軒會做出什麼樣的決定。

杜軒抬起頭，觀察那些手臂。

說也奇怪，它們似乎對自己的聲音沒有反應，他們都站在這邊聊這麼久了，手臂也沒有要靠過來的意思。

剛剛明明還在地毯式地搜索，現在卻安靜不動，難道說是因為有夏司宇的血阻隔，所以停止尋找他了？

「我要讓這層樓恢復原樣。」

「恢復原樣？什麼意思？」

「剛上來的時候，這裡不像現在這麼誇張可怕，我想會這樣改變，是因為這層樓『知道』有生者的靈魂進入，才會拋開假有的外貌，露出真面目。」

夏司宇單手插腰，相當滿意，「你的想法果然很有趣，而且也跟事實差不多。」

「果然是這樣！」

「嗯，你可以把這層樓比喻為燈籠魚。」

意思是利用誘餌來讓獵物接近自己，在獵物放鬆戒備時一網打盡……嗎？

以現在的情況來看，確實很像。

杜軒繼續說下去：「只要讓這些手臂找不到我的話，或許就能順利溜出去。」

「為什麼你的計畫聽起來很危險？」

「放心放心，我很有把握。」

「唉……好吧，那你想要我怎麼做？」夏司宇已經隱約察覺到，杜軒的計畫裡有自己，於是便直接開口問。

杜軒勾起嘴角，接著朝夏司宇張開雙臂，笑盈盈地回答：「抱我。」

夏司宇嚇了一跳，眼眸瞪得超大。

他看著杜軒那副彷彿小孩子向父母討抱抱的姿勢，忍不住扶額，已經明白他在打什麼主意。

「……嘖，真麻煩。」

「快點啦！我想趕快離開這裡。」

夏司宇面有難色，說實在話，他真的很不想做這種事，但兩個人貼在一起行動的話，確實能讓手臂碰觸不到杜軒。

「以防萬一，你的血再借我一點。」

杜軒說完，抓起他的手再往自己的臉頰兩側抹。

看著他把自己的血當顏料擦，夏司宇有些無言，但還是讓他這麼做。

隨後夏司宇將杜軒抱起來，讓他披著的黑色長衣正好遮住身體外露的部分，雖說以肉眼來看，很清楚能看到夏司宇抱著人，不過手臂「看」不見，自然不會發現。

再來就只需要穿過被手臂阻擋的通道就可以了。

「把頭遮起來，不要亂動。」

「知、知道了。」

杜軒剛開始還沒什麼感覺，直到被夏司宇像個孩子般抱起來，他才開始感到羞恥。

他的屁股坐在夏司宇強韌的臂肌上，而夏司宇輕輕鬆鬆就能單手撐起他的身體，不說的話他還以為自己輕得像羽毛，這讓身為男人的他頓時顏面無光。

「為什麼你看起來這麼輕鬆……」

「什麼意思？」

「我說你面無表情把一個男人抱起來，很讓人不爽啦！」

「你很輕。」夏司宇沒搞懂杜軒為什麼生氣，反而直率回應他的抱怨，「而且你沒什麼肉，之前抱你的時候就覺得你沒什麼重量。」

說完，他皺起眉頭，突然不太高興。

「男人應該練點肌肉，像你這樣皮包骨、弱不經風的，要怎麼存活？」

「我只要能賺錢養活自己就好，又不是要上戰場……」

杜軒嘟嘴碎念，但夏司宇根本沒聽進去。

兩人再次來到被手臂層層包圍的走廊前段，交換眼神後，杜軒整個人窩進夏司宇懷裡，用他的長外套把自己裹緊。

夏司宇輕輕嘆口氣，皺緊眉頭、提高警覺，向前邁出一大步。

他抱著杜軒安靜地前進，手臂沒有阻攔，識相地往旁邊退開，讓出一條路讓夏司宇通過。

沒想到杜軒的提議還真的有效，如此簡單的破解方式，難道真的沒問題？

——不，確實沒有問題。

被扔進來這裡的生者靈魂，絕對不可能想到這種辦法，能夠想到並且找到願意提供協助的死者的生者，就只有杜軒而已。

所以這個破解方法看似簡單，但實際上幾乎不可能做到。

「看來是成功了。」

「嗯，這麼簡單，反而讓人覺得有點不爽。」

「能用最安全的方式解決問題，不是應該感到高興嗎？」

「高興的人只有你，畢竟那東西想抓的又不是我。」

夏司宇冷眼看著他，杜軒知道他說得沒錯，也只能哼幾聲表示抗議。

「那你幹嘛浪費力氣和時間來保護我。」

「我說過要幫你，就會做到。」

「你真的是會在奇怪的地方展現執著的笨蛋耶。」

杜軒還是不太懂夏司宇腦袋裡在想些什麼，不過，現在地他確實很需要夏司宇。

他接連遇到的危機，若不是有夏司宇從旁協助，絕對不可能活下來。

包括現在。

「走到這裡應該就可以了吧，把我放下來。」

他們已經離開手臂的出沒範圍，雖然四周還是黑鴉鴉的一片，眼前的走廊也還沒到盡頭，但是感覺已經暫時安全，不用再擔心會被那些詭異的手臂抓走。

不過夏司宇沒有讓杜軒下來走路，而是繼續抱著他。

「喂，就算你力氣大、感覺不到累，也用不著這樣，我又不是受傷不能走路。」

「就算看不到也不代表『它』不在，你最好還是別跟我分開太遠比較好。」

「呃……那要維持這樣多久？」

「至少等離開這層樓再說。」

杜軒沒辦法，只能乖乖聽話。

話又說回來，他在樓下搜索的時候明明沒有花多少時間，照理來說這層樓應該沒有大到要走這麼久才對。

可是，離開手臂包圍的區域後，已經走過很長一段路，但眼前的走廊完全沒有要到盡頭的樣子。

這很奇怪，就像是走廊能夠自由延伸，或是說這棟建築能夠隨意更改大小一樣。

「你剛剛走過來的時候有這麼遠嗎？」

似乎是被杜軒提醒後，夏司宇才注意到這個問題。

他頓了幾秒，才開口回答：「這麼說起來，確實走得有點久。」

「如果說這棟建築物真的有自我意識的話，該不會是它故意不讓我們離開這條走廊？」

「也不是沒有這種可能性。」

「這樣一來，我們不是永遠走不到出口了……」

「既然往前不行，那就往下。」

「欸？」

杜軒剛開始還沒反應過來，但很快他就明白夏司宇這句話是什麼意思。

夏司宇左顧右看，即便能見度低，也不影響他的視力。

接著他往突然拐彎，一腳踹飛旁邊隔間的門，大剌剌地走進去。

「嗚哇！你、你幹嘛？」

弄出這麼大的聲響，是怕敵人不知道他們的位置？要是把手臂引過來怎麼——

他都還沒來得及思考，就看到發光的手臂群迅速從四周圍繞過來，速度快到讓人頭皮發麻。

「果、果然會變成這樣！」

他更用力扒住夏司宇的脖子，整個人貼得比剛才還緊，像是要跟他融為一體。

夏司宇絲毫沒有受到影響，甚至也不想理會那些危險的手臂，彎曲膝蓋、抬起左腳，狠狠地往地板踩下去。

第一腳，地板瞬間龜裂，甚至連鋪在上面的地毯也向下凹陷，陷入水泥塊之中。

第二腳，整個房間產生劇烈晃動，天花板上的日光燈還掉下來，而此時手臂也已經從窗戶和門的位置鑽進來。

第三腳，同時也是最後一腳。地面坍塌，兩個人向下墜落，伸過來的手臂在他們的頭頂上撲了個空。

突然的墜落，讓杜軒連尖叫的時間也沒有。

樓層高度不算高，但也不低，更何況夏司宇還抱著他，摔下去肯定會受傷，但，夏司宇卻邁開雙腿，彎曲膝蓋，穩穩地落在地上，安然無恙。

夏司宇抬起頭看著樓上那些像觸手般扭動的手臂，直到它們確定沒戲後，慢慢從破口周圍退開，才鬆口氣。

「真是煩人。」

「你你你、你為什麼……」杜軒抓著他的衣服，還沒從驚嚇中回神。

夏司宇垂眼盯著他發白的臉色，歪頭問：「你遇到那些怪物的時候都沒這麼害怕，現在卻抖成這樣，還真有趣。」

「一點也不有趣！」杜軒咬牙切齒，只差沒掐住他的脖子。

他知道死者都很強沒錯，甚至有著超出普通人的身體機能，但光是用腳就能踩破水泥地板，這種事誰都想不出來。

夏司宇看了一下他們落地的位置後，依然沒有放開杜軒。

杜軒也沒在意這種事，只顧著繼續抱怨。

「話說回來，哪有人能夠踩穿地板？你的力氣也未免太誇張了。」

「我只是找了一處看起來比較薄的地方，然後用力量突破而已。」

「薄？我怎麼完全感覺不出來。」

「那裡的地板本來就有損壞，所以只要出點力就能打穿，只不過是因為被地毯蓋住，所以看不見而已。」

「那你又是怎麼知道的。」

「我視力好。」

杜軒放棄追問，因為他知道夏司宇絕對不會說出令他滿意的答案。

無論剛才究竟發生了什麼事，又或者夏司宇是怎麼做到的，他都不想再去思考。

「我們已經離開那個詭異的地方，所以你現在是不是能把我放下來了？」

「不行。」夏司宇再次拒絕他，「因為這裡也不安全。」

「怎麼還有問題！」

「被我抱著有什麼不好？不用浪費體力走路，你應該很輕鬆。」

「這是男人的尊嚴問題！」

「你要尊嚴還是要命？」

「當然是——」

杜軒原本想大聲反駁，但他從空氣裡嗅到一股奇怪的味道。有些刺鼻，也有些藥水味的感覺，聞起來讓人身體不適。

夏司宇立刻將蓋在他身上的長衣拉過來，摀住他的口鼻，並出聲提醒：「噓！安靜。」

這裡的光線比樓上明亮，是熟悉的鵝黃色燈泡光芒，以及貼滿正方型磁磚的牆壁。

除了幾根柱子之外，沒有其他遮掩視線的牆壁，是完全開放的空間，但稍嫌窄了些，看上去很像是建築最邊緣的房間。

有點奇怪。

他們頭頂上是走廊中段的房間，而那條走廊還沒有到盡頭，正下方不可能會是這樣的格局才對，怎麼想都不覺得合理。

這個世界本來就無法用常理思考，所以不能用「正常」的方式來考慮，然而，卻足以證明這整棟建築能夠自由改變每個房間的位置，甚至是內部大小。

看樣子他們這次面對的「怪物」，遠比之前遇到的都更難對付。

原本站著不動的夏司宇，突然開始走動，但他像是在閃避某些東西一樣，走得歪七扭八，還刻意繞遠路。

此時那個刺鼻的臭味越來越濃，杜軒的頭也越來越痛，忍不住皺緊眉頭。

夏司宇注意到他的表情，稍微加快速度，並把他的頭按入懷裡。

「稍微忍一下。」

就像他宣言的，杜軒只忍了幾秒，就聽見夏司宇再次把門踹飛的重擊聲。

空氣變得清新，沒那麼有壓迫感，而且討厭的味道也離得越來越遠。再往前走一小段路之後，夏司宇才終於把他放在地上。

他掀起長衣，讓杜軒呼吸新鮮空氣，此時此刻，他只想懶散地躺平在地，好好休息，什麼也不想做。

「終於能夠喘口氣了……」

「還不能鬆懈，你只要待在這棟建築裡，『它』就能看見你。而且這層樓也不是什麼安全的地方。」

聽到夏司宇這麼說，杜軒立刻從地上彈起來。

「對耶，你說得沒錯。這層樓我明明已經徹底搜了一遍，剛才那地方我卻從來沒見過。」

「大概是『它』增加的房間。」

「好煩啊！這樣豈不是像被監視一樣。」

「只要找到『它』，然後解決掉就好。」夏司宇摸摸杜軒的頭，像是在安撫鬧脾氣的小孩，「『它』的核心就在這棟建築裡的某個地方，摧毀掉核心，就能脫離『它』的監控。」

「這是唯一的辦法？」

「不，這只是殺死『它』的辦法，在這之後能不能逃出去，我也不知道。」

夏司宇摸著下巴，態度十分認真，看上去並不像是在說謊。

杜軒搔搔頭，無奈道：「算了，走一步算一步。那樓上那個護理師要怎麼辦？他的手臂不會伸過來吧？」

「應該不會，剛才那些手臂在我們掉下來之後，就縮回去了。」

「好吧，至少能確定不用再見到那個詭異的護理師了。」杜軒伸了個懶腰，拍拍胸膛做好心理準備後，堅定地對夏司宇說道：「我們繼續走吧，絕對絕對要離開這個鬼地方。」

「嗯。」夏司宇垂下眼簾，思考剛才那間房間的情況。

他當時確實是因為覺得那裡比較容易打破，所以才擊穿樓上的地板，但打穿後來到的地方，地面有許多聚滿強酸的小坑洞，甚至連空氣中都瀰漫著帶有讓人昏厥效果的毒氣。

——這不管怎麼想，都像是故意製造缺口讓人掉入那間陷阱房，或許這才是那些手臂沒有追上來的真正原因。

「我還想說怎麼可能這麼簡單，看樣子是個陷阱……如果當時掉下來的不是身為死者的我，恐怕還真的逃不掉。」

他喃喃自語，沒讓杜軒聽見。

杜軒把背在背上的鐵條取下來，轉頭說道：「這東西太麻煩了，如果能把它弄得更容易攜帶就好了，這樣你也不會因為誤觸它導致力量下降。」

「有這種方便的武器就不錯了，你還挑。」夏司宇雙手環胸，嘆了口氣，「不過，我感覺這根鐵條的力量有在慢慢消失，要不然我剛才不可能抱著你跳下來，還能安然無恙。」

「欸、這麼說也對。」

杜軒很驚訝地瞪大雙眸，眨了幾下後，又把視線落在手裡的鐵條上。夏司宇沒提的話，他還真沒注意到這些事，他當時也只想著要逃跑、活命，根本沒時間去觀察。

「……我覺得這東西可能沒什麼用，要不還是扔掉？」

「你自己決定。」

杜軒想了想，突然將鐵條丟給夏司宇。

夏司宇反射性舉起手接住，還甩了兩下。

這下兩人真的能夠百分之百確定，鐵條的功用確實正在衰退。

「難得拿到好用的道具，結果我還沒使用就變成廢品了，真讓人難過。」

「我倒覺得是有人不想讓你用這東西，才把你轉移到其他空間。」夏司宇隨手扔掉鐵條，接著說出自己的猜測：「這根鐵條可能只能在『狩獵場』發揮效用，換了個地方就不行。」

「哈……很不幸的，我剛才也是這麼想。」

杜軒將額頭緊貼牆壁，背影看上去很淒涼。

他的運氣怎麼這麼糟糕，難道就不會遇到半點好事？

「別在那邊自怨自哀，能走了沒？」

「啊，等等。」杜軒抬起頭，「我還得去找個人，他應該就在這層樓。」

「找人？」

「那個人你也認識。」

夏司宇一臉懷疑，盯著杜軒露出神祕兮兮的笑容，浮現出不祥的預感。

坦白說，杜軒很擔心和他分開之後的梁宥時，但那傢伙的運氣還滿不錯的，雖然看上去畏畏縮縮、很像是電影裡面第一個會被凶手殺掉的角色，卻還是能穩穩地保住自己的小命，活到現在。

至於他為什麼又會出現在這裡，杜軒就不清楚了。

難道說，梁宥時和他一樣，每次都莫名其妙地陷入垂死危機，然後就跑到這個地方來，強迫加入遊戲，好讓自己繼續活下去？

這不是不可能，只不過，他參加過這麼多次遊戲，從來就沒遇過同樣的人，偶然遇到擁有同樣機運的梁宥時，內心還挺複雜的。

但，他還是覺得哪裡怪怪的，好像少了塊齒輪，怎麼樣都轉不動。

梁宥時的情況雖然和他有些類似，可是——

「為什麼不記得我……」

「你剛剛說了什麼？」

夏司宇還以為杜軒是在跟他說話，轉過頭來望著他看。

杜軒嘆口氣，「沒事，我只是在抱怨而已。」

「想抱怨的人應該是我，我基本上能算是因為你的關係而被牽扯進來。」

「幹嘛這樣，我又不是故意的。」杜軒嘟起臉頰，氣呼呼地說，「再說，我又沒惹到人，天曉得是誰把我扔到這個地方來的。」

「這種事不是很明顯嗎？你居然沒發現。」

「什麼意思？」

杜軒傻愣愣地看向夏司宇，夏司宇閉上眼，輕聲嘆息。

再次睜開時，他的眼底充滿著對現況的不滿，以及無能為力。

「能做得到這種事的只有一個人……」

杜軒不知道夏司宇口中所說的是誰，雖然很好奇，但直覺告訴他，那是現在的他不需要知道的情報。

「話說回來，你說的那個『同伴』在哪？」

不知不覺，兩人已經從盡頭走回樓梯口，路上完全沒有遇見其他動靜，辦公室隔間也都安安靜靜，沒有其他聲音，甚至也感覺不到任何活人。

杜軒也覺得奇怪，照理來說應該不可能連點聲音也沒有。

他確實有猜到梁宥時可能會找地方躲起來，但若真的是這樣，恐怕一時半刻找不到人，畢竟辦公室這層太多隔間，能躲的地方太多。

擔心歸擔心，可是也不能一直浪費時間去和梁宥時玩躲貓貓。

另外，他還發現一件事。

這層樓果然和他之前與梁宥時一起搜索時，稍微有點不同。

唯一相同的點，就是樓梯的數量。

照理來說，像這種大型建築，不可能只有一座樓梯，怎麼想都不對勁，至少也該有二到三座才對，而且還是設置在最底處的位置，從頭走到尾還得花上一段時間，以方便性來說非常不實用。

「沒辦法了，之後再看看能不能遇到他。」杜軒雙手插腰，一臉無奈，而且看起來有些疲倦。

這真的沒輒，因為他才正要睡著就被帶到這裡，還遇到一堆危及性命的事，連半點喘口氣的時間也沒有，一放鬆下來就好想睡。

「你的眼睛快閉上了。」

「呃、沒有，我才沒睡。」

「少逞強。」夏司宇一把抓住杜軒的衣服，把人拎起來，隨便走進旁邊的辦公室裡。

他用腳把地上的雜物踢開，清出一小塊空間，接著把杜軒放下來。

「休息。」

簡單的兩個字，卻是夏司宇表達關心的方式。

杜軒瞇起眼，乖乖躺下，小聲抱怨了一句：「好硬。」

「你該不會還奢望有床可以睡吧？」

「當然沒有，只是覺得地板好硬。」

「別挑三揀四，給我閉上眼睛。」

夏司宇咬著牙抱怨，沒想到才轉過頭，就看到杜軒已經閉上雙眼，進入夢鄉。

他嘆口氣，把杜軒身上的長外套脫下來，蓋在他的身上。

為了不再讓任何人有機可乘，夏司宇坐在離他不到三十公分距離的地方，靠著牆壁，眉頭緊蹙。

他心裡想的，不是怎麼帶杜軒離開這裡，而是為什麼杜軒會被帶過來。

這種情況，他也是第一次遇到。

最開始只是懷疑杜軒健健康康的，卻老是遭遇垂死危機，多次進入死亡空間參與遊戲的情況很不對勁。照理來說，這種情況幾乎不可能出現，但確確實實發生在了杜軒身上。

直到現在，他幾乎可以肯定想殺死杜軒的人是誰，只是不知道理由。

「唔嗯嗯……」

躺在地上的杜軒抿唇，嘴裡像是在碎念些什麼，接著無意識地滾到夏司宇的大腿上，把那當成枕頭來躺。

雖然還是很硬，但總比直接躺在地上舒適。

夏司宇頓時原地石化，低頭看著睡得香甜的杜軒，有些不知所措。

最後，他還是果斷放棄掙扎，乖乖擔任枕頭一職。

只不過他這條腿，之後可能會因為血液循環不良而站不起來。

第三夜

追獵（上）

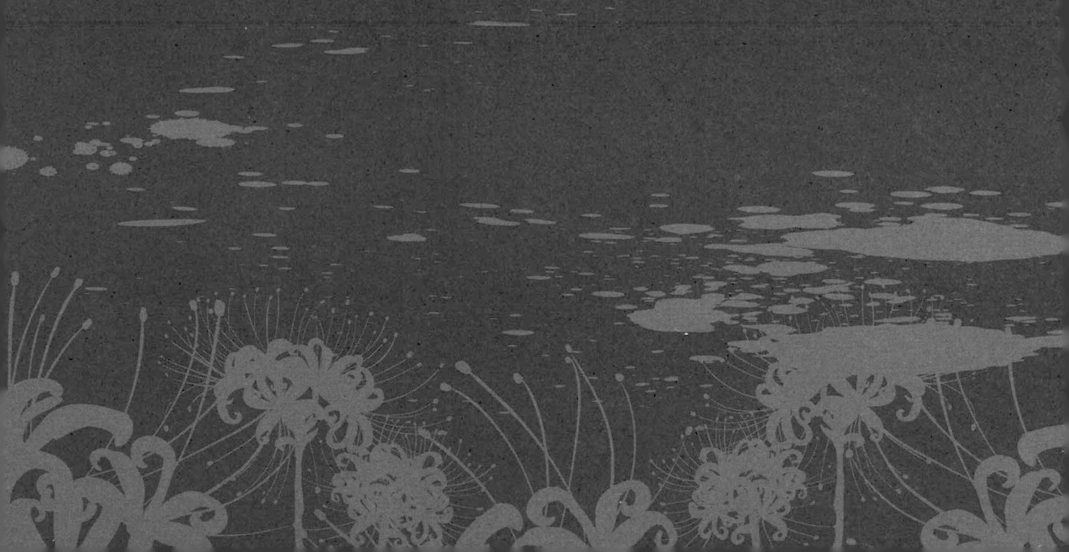

杜軒醒來的時候，並沒有見到夏司宇。

他嚇了一跳，心裡特別不安，連忙查看自己身處的位置，在確定和睡著前是同個地方後，這才放心下來。

呼，幸好他這次沒有莫名其妙轉移到其他去，而且也沒有做奇怪的夢，睡得特別舒服。

夏司宇強迫他睡覺是對的，他的精神比之前還要好很多，思緒也更清楚了。

「臉色看起來好一點了。」

正當杜軒拿著夏司宇的外套站起來的時候，赫然發現他剛才找不到的人，竟然站在辦公室隔間的窗戶外盯著自己。

杜軒差點沒被他嚇到心臟病發。

「你、你站在那幹嘛！想把我嚇死啊？」

「無聊沒事做，所以稍微去附近晃了一下。」

「這麼悠哉……你當是來渡假？」

「畢竟我是死者，再怎麼樣也不會變成攻擊的目標。」

「你是不是很想吃我的拳頭！」

「就憑你那軟綿綿的拳頭，能打得到我才怪。」

杜軒頭好痛。

吵也吵不贏，打也打不贏，他真的拿夏司宇沒辦法。

「唉，算了算了，那你有沒有發現什麼有用的線索？」

「你之前不是說要找人嗎？我把樓層都搜索了一遍，半個人都沒見到。」

「半個人都……怎麼可能！」

杜軒張大雙眼，難道說他看到的梁宥時是幻覺？這不可能，如果是幻覺的話也太過真實，難道說梁宥時在逃出去之後，又遭遇什麼危險，結果被殺死了嗎？

這個可能性倒是有。

「那、那大叔和兩個跟屁蟲呢？」

「也沒看到。」

「你去過樓下了嗎？我覺得下面應該有其他生者才對。」

「除了沒辦法通過的地方之外都去過，但沒見到任何人，就只有我跟你。」

杜軒怎麼想都覺得奇怪，這樣看來就像他從樓上掉下來之後，是換到其他空間去了一樣。

不過，杜軒沒有追究這些問題，畢竟遊戲空間發生的事，本來就不能用常理去思考，更何況這個地方很明顯和他之前接觸過的遊戲完全不同。

自從被帶到狩獵場開始，他所遭遇的全都是新的體驗，即便已經不是第一次來到這種死亡空間，也很難確保自己是不是真的能活著逃出去。

是說，他連是否能夠離開都不確定。

不像之前那樣有著明確的「通關目標」，如今他面對的，全都是摸不著頭緒的狀況。

若這就是把他轉移到這裡來的那個「聲音」的目的，那麼他是不是就回不去了……

杜軒甩甩腦袋，暫時不去考慮這個問題，現在他得把全部的注意力放在「如何活下去」這個重點上，之後再想辦法離開。

「你有見到『怪物』嗎？」

夏司宇搖搖頭，「有血跟碎肉殘留，但沒見到它們。」

杜軒緊張地嚥下口水，「……得盡快找出離開這裡的方法，我可不想死在這。」

他從辦公室的窗戶爬出來，站在夏司宇身邊，把外套還給他。

夏司宇盯著他看了好一段時間，才將長外套穿上。

「你有什麼想法？」

「總之，先找線索。不管這個地方是哪裡，想要『離開』的話，方法應該都是一樣的才對。」

「我只能稱讚你還挺正面樂觀的。」

「別唱衰我行不行。」杜軒嘟起嘴，悶悶不樂，「再怎麼說這裡都有生者，既然這裡不是狩獵場那種地方，就表示一定有能讓生者離開的『出口』。」

夏司宇歪頭，並沒有否定他的推論，倒不如說他挺佩服杜軒能想到這點。

確實如杜軒所說，只要不是屬於狩獵場的空間，離開的方法便大同小異，但杜軒不知道的是——這個世界的異空間是有分等級的。

夏司宇很了解杜軒之前參與過哪些「遊戲」，所以能知道，他接觸過的那些都是比較容易的關卡，可是這個地方不同。

被丟到這裡的生者數量很少，而且平均活不過一小時，最短甚至才來到這裡幾分鐘就被殺害，淘汰出局。

至於異空間的等級分配，並不是看逃脫的困難度，而是以這個空間存在的「怪物」強度來區分。而這個地方的怪物，比杜軒以往遇過的都還要來得強，就連那些喜歡隱藏在生者之中、想辦法陷害生者的死者們，也不會想踏入此地。

而且他指的並不是那些由生者轉化而成的怪物，而是原本就存在於這個空間的——

想到這，夏司宇不由得皺緊眉頭。

「我先告訴你我是怎麼找到你的。」他轉移話題，將來到這裡的經過告訴杜軒。

夏司宇當時並沒有睡著，只不過恍神幾秒後，就發現自己站在一座天橋上。

天橋的左右兩側都沒入雲霧中，看不見通往何處。

因為無法搞清楚方位，所以他只能隨便挑個方向走。

不知道走了多久後，夏司宇才終於看到一扇門。那扇門生鏽得很嚴重，沒辦法轉動門把，所以他是用蠻力突破的，而踹開那扇門之後，就來到杜軒所在的那層樓，沒過多久就發現被手臂纏繞住的他。

夏司宇一看到那些手臂和這棟建築的氣氛後，就知道這裡的「等級」與之前不同，幸好他運氣還算不錯，很快就與杜軒會合了。

杜軒聽完夏司宇的解釋，忽然想到自己曾看到的逃生標誌。

該不會那個標誌指著的就是夏司宇走過來的那座天橋？

「雖然你之前很確信地說大叔他們三個也在這裡，但是你剛剛也沒有找到他們，是不是表示他們其實不在這？」

「不，有幾個地方我沒去，因為要花點時間，所以還不能完全確定。」

「也就是說，我們只要去那幾個地方看看，就可能會找到他們？」

「如果他們還活著的話。」

杜軒嚥下口水，覺得夏司宇說這種話實在有點可怕，就像是他已經認定大叔和那兩個年輕人已經死了一樣。

「你……該不會『湊巧』知道是誰把我們轉移到這裡來的吧？」

夏司宇轉過頭來看了他片刻，接著扭過頭，沒有回答。

即便夏司宇沒有開口，但從反應來看，很顯然就是知道但不想告訴他。

杜軒無奈聳肩，既然夏司宇不肯說，他也沒其他手段能從他嘴裡挖出線索，畢竟這男人性格古怪，嘴巴也硬得很，不想說就是不想說。

「這麼說起來，你有看到樓梯口的英文符號嗎？」

「你是指『B2』？」

「嗯，我剛開始還以為是標示樓層用的，沒想到每層寫的都一樣，害我都搞不清楚自己是在哪一樓了。」

「從天橋看也分辨不出來，外面都是霧，能見度很低。」

杜軒原本還想說爬上頂樓後就可以一覽無疑，但是照夏司宇的說法，這個方式看來也行不通。

「果然只能從那被封閉的區域去找線索嗎……」

杜軒實在不想去那些危險的地方，如今卻別無選擇。

「好，先從樓下開始。」

「你是說被水泥塊堵住的那個地方？」夏司宇皺眉，「那層樓血味最濃。」

「有你在，怕什麼。」

「啥……你別把我當成保鑣行不行？」

「就是因為有你幫我，我才能活到現在，要不然早就掛了。」

「不，我倒覺得就算只有你應該也應付得來。」

「嗚哇，我還不知道你這麼謙虛，你難道真的覺得我這身皮包骨能躲得過怪物的追殺？」

夏司宇看著杜軒捲起袖子露出白皙的臂膀，嘆了口氣。

「趕緊出發，少廢話。」

夏司宇把杜軒的袖子拉好，遮住他那弱不經風的手臂，轉身走在前面。

杜軒嘟起嘴，小跑步跟在他身後。

「不管怎麼說，我還是挺高興能遇到你的。」

夏司宇睜大眼看著杜軒，那雙閃閃發光的眼神，不像是在說客套話。

「……會對我說這種話的，也只有你。」

他是戰場上的殺手，所到之處只有死亡，每個人看到他的時候，只會產生恐懼。即便他並不是出於自身意願殺人，但雙手依舊沾滿鮮血，碰觸到的任何東西都會被汙染，所以他不願，也不想和任何人親近。

戰場上只要想著如何活下去就好，其他事情都是多餘的。

「欸。」杜軒突然勾住夏司宇的手臂，把陷入思緒的夏司宇嚇了一跳。

他有些茫然地低頭，沒想到卻看見杜軒對他展露笑容，雖然看上去很呆，在夏司宇眼裡卻十分耀眼。

「就算這裡跟我之前去過的那些遊戲空間完全不一樣，但我覺得逃離這裡的方式和『遊戲』沒什麼不同。所以，交給我吧！我會讓我們平安離開這裡的。」

夏司宇覺得心裡亂亂的。

他明知道杜軒說的話沒有什麼可信度，也知道這不過是猜想而已，但他卻莫名地覺得杜軒真的做得到。

是因為從一開始就對他很感興趣的關係嗎？還是說……是因為「其他」原因？

「……你還真有信心，難道不怕死嗎？」

「多少還是會怕，但有你在，心裡比較踏實點。」

「太過相信死者不是什麼好事。」

「幹嘛？難道你還會突然在背後捅我一刀？」杜軒笑著甩手，「少來了，你要是會這麼做，就不會浪費力氣拚命保護我了。」

不知道為什麼，夏司宇看到他的動作，反而有點不爽。

但他不滿的情緒只維持短短幾秒，很快，他就被杜軒拉著往前跑，連回嘴的機會也沒有。

杜軒帶著夏司宇回到他和梁宥時碰面的地方。

碎落的水泥塊依舊堆積在樓梯口，只留下幾個小縫隙，雖不大，但足以讓成年男人鑽過去，而他之前就是從這個洞口把梁宥時拉出來的。

「你說這後面有怪物？」

來的路上，杜軒已經把自己在這層樓聽見的聲音敘述給夏司宇聽，不過他能提供的線索並不多，畢竟真正被追殺的人是梁宥時，不是他。

「現在只剩樓下這層和再下面那層沒有調查過，如果有能夠離開這裡的辦法，肯定就在這兩層裡面。」

夏司宇半信半疑地問：「你哪來的自信？」

「我當然沒有自信，只是推測而已，而且……如果說這棟建築物能夠自行調整內部空間，那麼樓上可能什麼也找不到，只是去白白送死。」

「……總之，比起因為害怕而縮手縮腳，還不如去做點危險的事情，換取活下去的機會？」

「嘿嘿，就是這樣，你很懂我嘛。」

杜軒拍拍夏司宇的背，接著就主動往水泥塊縫隙鑽。

夏司宇嘆口氣，跟在後面。

水泥塊後面的空間，和杜軒一開始醒過來的那層樓差不多。

磁磚牆面和搖晃的鵝黃色燈光，溼答答的地面以及瀰漫在空氣中的腐鏽臭味。

杜軒捏緊鼻子，感到反胃，越往深處走那個味道就越重。

「這什麼味道，噁心死了。」

「屍臭。」夏司宇簡單地回答，完全沒有要隱瞞的意思。

看著杜軒臉色鐵青的模樣，他只是冷笑了一聲。

「怕了？」

「我又不是你，對這種事見怪不怪……」

「沒有人一開始就能習慣這種事，就算是我也一樣。」

杜軒聽到他這麼說，這才發現自己說錯話，連忙道歉：「對、對不起，我不是那個意思。」

夏司宇並不在意，但杜軒內疚的模樣，還是讓他有點過意不去。

也是，杜軒只是個普通人，而他是沾滿敵人鮮血的……「壞人」，要求杜軒了解這樣的自己，實在過於勉強。

這層樓很安靜，無論是滴水聲或者燈泡的搖晃聲，都能聽得清清楚楚。

就連「人」的呼吸也震耳欲聾。

夏司宇從杜軒的臉上挪開視線，注視著走廊深處的微弱燈光，壓低說話的音量。

「不要離我太遠。」

「當然不會。」杜軒說完，一把抱住夏司宇的手臂不放。

雖說夏司宇並不是要杜軒這樣黏著自己，但他也不知道該從何解釋。

此時，門鎖被打開的清脆聲響，從他們前方不遠處傳來。

兩人都有聽見，同時往聲音發出的位置看過去。

似乎是右邊有個房間的門打開了。

「這怎麼看都像是陷阱吧。」杜軒尷尬苦笑。

「不過去看看的話也不知道是不是。」

杜軒嚥下口水，好不容易鼓起勇氣，沒想到卻聽見門後傳來呢喃聲。

「唔……頭好痛，這裡是……哪裡……」

有個人扶著額頭從房間裡走出來，嘴裡似乎還碎念著什麼。

接著一陣陣開鎖聲由近往遠迴盪在這層樓內，不只是這個扶著額頭的男人，有更多人從不同的房間裡走出來，每個人都頭暈目眩，看上去很難受的樣子。

走廊漸漸擁擠起來，杜軒驚訝地瞪大雙眸，連夏司宇也沒見過這種場面。

「一口氣出現這麼多生者……怎麼可能？」

以這個異空間的等級來說，不可能一次投入如此大量的生者靈魂，那麼現在的情況究竟是怎麼回事？

杜軒不知道夏司宇心裡在想些什麼，但從他驚訝的表情來看，肯定不會是什麼好事。

「這裡是什麼地方？」

「呃！好臭……」

「嗚哇！媽媽，媽媽妳在哪裡！」

生者的年齡層分布很廣，有年輕人也有中年人，甚至還有看起來不滿五歲的小孩子。若說被扔到這裡個地方來的都是擁有執念、受到挑選的生者靈魂，那麼這些人根本一看就不符合資格。

就像是有人暗中故意這麼做。

「糟了。」夏司宇抓住杜軒，想回頭從水泥塊縫隙鑽出去。至少可以確定的是，樓上絕對比這裡安全千百倍。

然而轉身的瞬間，他們鑽過的那個缺口裡，出現一顆冒著血絲的眼珠，直勾勾地盯著兩人看。

杜軒被嚇到寒毛直豎，夏司宇則是立刻把人拉回身邊，迅速掏出軍刀，毫不猶豫地朝眼珠刺下去。

眼珠發出尖銳的慘叫，這聲音不像是從眼珠的方向傳來的，而是從牆壁、天花板，甚至是腳踩的地面，簡直就像是整棟建築在痛苦地哀鳴。

當然，這聲音把那些抱怨和滿頭霧水的生者嚇了一大跳，所有人都不知所措地四處張望，然而，根本沒有時間讓他們釐清現況。

壯碩的身軀從走廊最深處慢慢出現，並一掌拍飛哭鬧得最大聲的小孩子。

柔弱的孩童完全禁不起這樣的力道衝擊，在那張巨掌中直接化為肉屑，噴灑在光滑的磁磚牆壁上。

「啪」的一聲，幼小的生命就這樣消逝了。

同時，也讓所有人立刻發現「他」的存在。

「嗚啊啊啊啊！」

「殺、殺人了！殺人了！」

人群開始尖叫逃竄，有人選擇躲回房間，用力將門關緊，但是那扇門卻怎麼樣也鎖不上，結果就在拚命嘗試的同時，被猛然推開的門狠狠壓在牆上。

骨頭斷裂的脆響，令人心頭一涼，被壓在門板下的人就這樣沒了反應。

就像是展開大獵殺的號角，黑暗的盡頭衝出更多高大的壯漢，無差別地向所有人展開攻擊。

奔逃的人群你推我擠，互不相讓。誰都想要活命，沒有人想死在這種地方。

杜軒眼看場面突然大亂，一時間想不到該往哪跑。

是說這裡真的有安全的地方嗎？

這層樓的能見度太低，更不用說他們才剛下來，怎麼可能在這麼短時間內找到保命的躲藏點！

狹窄的走廊、充滿壓迫感的空間，這裡，就是專屬於這些「怪物」的獵場。

眼看高大的壯漢逼近面前，杜軒愣在原地，動彈不得。

忽然，一顆拳頭從旁邊揮過來，用盡全力將撲向他的壯漢打飛。

壯漢撞上走廊的磁磚牆面，因受力過大，牆壁整個龜裂，磁磚也碎落在地。

聲音十分響亮，但夾雜在尖叫聲之中並不是特別突出，自然也沒人注意到。

「過來這裡！」

揮出拳頭的，是夏司宇。

他沒想到杜軒竟然會因為眼前的場面而愣住不動，甚至就這樣呆呆地等對方攻擊，完全沒有要閃避的意思。

杜軒終於回過神，就被夏司宇拉著逃跑。

他能聽見身後傳來的慘叫聲，以及重擊、物體碎裂的聲音。

恐懼的感覺沁入心脾，背脊又冷又麻，導致他根本不想去思考聲音的來源。

除了杜軒和夏司宇，也有幾個人跟著他們一起逃跑，都是當時站得比較近的人。

至於那些位置偏後的，恐怕都已經凶多吉少。

明明是長方型建築，空間並不是很大，但如今這條走廊跑起來卻格外漫長，彷彿永遠看不到盡頭。

「肯定還有其他出口！」

「媽啊！我才不想死在這種鬼地方！」

存活下來的人在來到岔路口之後，各自分散開來。

有些人想躲起來，利用其他人作為誘餌來轉移壯漢們的注意力，畢竟一大群人一起行動實在太過顯眼，被攻擊的可能性也比較高。至於另外一部分的人，只是滿腦子想著活下去，拚命尋找出口，而沒有考慮太多。

漸漸地，夏司宇和杜軒身邊只剩下三個人，其他人都在逃跑的時候分開了。

夏司宇認真地觀察周圍，從腳步聲判斷壯漢的位置，確定與攻擊者拉開一段距離後，他鬆開拉住杜軒的手，轉而走向旁邊一扇被傾斜的鐵櫃擋住的門。

「總而言之，先躲起來。貿然在陌生的環境中移動，風險太高了。」

夏司宇說完，用單肩頂起沉重的鐵櫃，雖然不是完全挪出能夠開門的空間，但打開的縫隙已足夠讓人鑽進去。

杜軒點點頭，和剩下的人一起用力推開門，爬到裡面去。

殿後的夏司宇在放下鐵櫃的瞬間閃入門內，並立刻蹲下來，將食指貼在唇上，示意其他人安靜。

有人摀著自己的嘴顫抖，有人則是雙手十指交扣，不停在心中祈禱。

杜軒單膝跪地，離門比較近的他，能清楚聽見走廊外傳來的沉重腳步聲。

若是沒有破百的體重，就算這裡再安靜、地面再容易發出聲響，也不會造成如此響亮的腳步聲。

杜軒貼在門邊才有辦法聽見外面的動靜，但夏司宇似乎遠遠就能聽到，那傢伙的聽力簡直跟野生動物有得比。

過沒多久，腳步聲總算遠離他們所在的房間。

夏司宇起身看了一眼外面，接著鬆口氣。

「可以了。」

所有人在聽見這三個字的瞬間，如釋重負，全都癱坐在地上。

「媽的……那到底是什麼鬼東西？」

「這、這到底是怎麼回事？是綁、綁架嗎……」

「嗚嗚嗚……嗚嗚……」

仍蹲在地上的杜軒，無奈地看向這三個人，實在不知道從何解釋。

明明剛才還有那麼多人，但到最後只剩下這些……不，中間似乎還有分散逃跑的人，活下來的人可能不只有他們。

不知道是不是因為暫時脫離危險，杜軒漸漸冷靜下來，也明白自己剛才有多麼愚蠢。要不是夏司宇，他早就跟其他人一樣被壯漢殺掉了。

事態實在是變動得太過迅速，他有點措手不及。

不僅是因為那些壯得可怕的高大男人，還有突然出現在裂口處的那顆眼珠。

他抬起頭，想和夏司宇說話，沒想到對方也正盯著自己。

杜軒嚥下口水，他知道這情況下兩個人沒辦法好好談，而且他現在也沒時間解釋給另外三個人聽。

似乎是看懂杜軒的意思，夏司宇主動說道：「你們躲在這，只要保持安靜的話應該就不會被發現。」

夏司宇說完便打開門縫，確認外面的情況後，重新挪動鐵櫃。

杜軒看到夏司宇用眼神給他暗示，便急忙跟著出去。

躲在房內的三個人並沒有出聲阻止或是提出疑問，現在他們根本無心去思考其他事，也不想知道他們要做什麼。

對他們來說，房間內是安全的，「外面」則是危險的。

只要能確保自己的性命無憂，就不會去在意其他事情。

「還真輕鬆……」

杜軒看著再次被傾斜的鐵櫃堵住的門，嘆了口氣。

「如果他們硬跟過來才麻煩，反正只要不離開，就死不了。」夏司宇用著與自己無關的口吻說道，接著便往前走。

「喂，你往那些怪物走的方向過去幹嘛？」

「跟在那些傢伙後面，並保持一段距離，比起待在同個定點躲藏更安全。」

「可是我有話……」

「邊走邊說，這點距離他們聽不到。」

杜軒沒辦法反駁，因為他知道夏司宇說出口的話，肯定不會有錯。

於是他小跑步跟上夏司宇，和他並肩走著。但夏司看了他一眼之後，突然將他的身體拎起來，讓他坐在自己的手臂上。

「你、你幹嘛把我抱起來！」

「小聲點，你是想把人引來嗎？」

杜軒抿著雙唇，一臉委屈。

看他還是很不滿意的樣子，夏司宇便接著說：「反正你很輕，我抱著你走沒什麼問題，萬一有危險也能夠用最快的速度撤離。」

「後面那句才是重點吧。」

「……你也看到了，那些傢伙的移動速度有多快。」

「確實不像是那種體型的人能有的速度。」

「那些東西應該就是這裡的『怪物』，不過從他們的行為來看，似乎本身看不見，只靠聲音來辨別物體的位置。」

「但他們行動起來不受障礙物干擾，你確定他們真的看不見？」

「因為有人協助。」

「人？難道是像那個護理師一樣的……」

「還記得剛才看到的那個眼珠嗎？」

夏司宇提醒後，杜軒才想起那顆噁心的眼球。

雖說被夏司宇一刀爆掉，但想起來還是會覺得頭皮發麻。

「你是說，那顆眼球就是怪物們的眼睛？所以才能夠不受限制地移動？」

「嗯。」

「但這樣不是很奇怪？既然能用眼睛看，為什麼還要靠聲音找人？」

「光是看得到不見得就能找到，我想那些眼睛只不過是監視器，實際方位還是要靠聲音來判斷。」

「監視器……」

才遭遇攻擊沒多久，夏司宇竟然就能做出這樣的判斷，令杜軒自愧不如。

虧他還一副像是要帶領夏司宇的樣子，還想說要找到其他人，結果卻還是都靠別人幫忙。

明明睡了一覺，腦袋卻沒有比之前更清楚，他到底在幹什麼？

「唔……真的很抱歉，我不知道怎麼了，居然慌亂成這樣，看上去就像個笨蛋。」

夏司宇看他一眼後，不以為然，繼續盯著前方的路。

「比起其他生者，你已經足夠好了，用不著把自己逼得太緊。」

杜軒不滿地嘟起嘴，「你還真肉麻，我好歹也是個男人，不想被人當小孩寵著。」

「我不是要寵你，是要你多依賴我一點。既然我幫了你，就不會半途而廢，除非你到現在還不相信我。」

「……不……這倒不是……」

杜軒輕輕抓住夏司宇胸口的衣服，垂下眼簾。

其實他已經十分信任夏司宇，甚至遠遠勝過之前在「遊戲」中遇到的生者同伴，他只是還有點不習慣對一個認識沒多久的陌生人付出這麼多信任。

「你有發現嗎？這層樓的構造和上面幾層不同。」

「啊，有。」杜軒見夏司宇把話題拉回重點，立刻點頭，「我剛剛也是想跟你講這件事，還有就是，一瞬間突然出現這麼大量的生者，總覺得有點怪怪的。」

「我懂你的意思，就像是有人在刻意這麼做。」

「怎麼想都覺得是這棟建築物『故意』的，但這樣就表示它有辦法召喚其他生者來這裡？」

夏司宇以沉默代替回答。

他本來就是這種個性，所以杜軒不以為意。

「算了，還是先別想這些。」杜軒抬起頭，盯著天花板上的眼睛說道：「還是先想想怎麼離開這個令人毛骨悚然的地方再說。」

「嗯。」

夏司宇簡單應了聲，就這樣直接抱著杜軒繼續走。

「呃、能問一下你要去哪嗎？」

「先熟悉地形，然後再來想辦法，大不了像剛才一樣踩破地板逃生。」

「有路就走，沒路自己造的概念？」

「反正我有那個能力。」

「你這樣說我還真是無法反駁。」

想到夏司宇之前踩破地板砸出逃生路的場面，杜軒也只能接受他的魯莽計畫。

他們繼續與怪物們保持距離，持續移動，而就在經過眼前的岔路時，夏司宇突然停下腳步。

杜軒正想開口問他為什麼停下來，一名臉色蒼白、模樣狼狽的男人從左邊的走廊走出來。

他的雙眼因無法對焦而顫動，整個人籠罩著陰沉的氣息，而發現出現在路口處的杜軒和夏司宇之後，立刻張大嘴巴。

「呀啊——」

男人扯開喉嚨，放聲尖叫，但不到一秒就被夏司宇掐住脖子，完全發不出聲音。

雖說只有短短一秒，但聲音確實傳到了「怪物」耳裡。

夏司宇能聽見沉重的腳步聲逼近，於是便扛起男人，二話不說就這樣帶著兩人移動，躲在昏暗沒有燈光的死角處。

男人不斷顫抖，但嘴巴被夏司宇的大掌扣住，加上過度恐懼，完全發不出聲音。

等到走廊那邊的聲音慢慢遠離後，夏司宇才鬆開手，讓男人呼吸新鮮空氣。

「咳咳咳！咳！」

男人跪在地上大口喘息，咳嗽的聲音很輕，但還是挺大聲的。

杜軒知道，夏司宇肯定算好了距離，知道那些怪物聽不見，才讓這男人盡情咳嗽。

「喂，你沒事吧？」

他蹲下來拍拍對方的背，試圖讓他舒緩一些。

幾分鐘後，男人才用手背擦去嘴角的唾沫，勉強冷靜下來。

「謝、謝謝，我沒……呃！是、是你！」

剛才因為速度太快加上視線不佳，對方沒有看清楚杜軒的臉，而杜軒也沒有注意到這個男人是誰，直到兩人貼近距離，才慢半拍地發現彼此的身分。

「梁宥時！」

杜軒才剛喊出這人的名字，梁宥時就撲過來，緊緊抱住他。

「我還以為你死了……還、還好……」

梁宥時的聲音顫抖，渾身冰冷，緊緊抱著唯一的依靠。

夏司宇只是站在旁邊靜靜地看著他們，雙手環胸，表情十分嚴肅。

他的目光，並不是落在杜軒身上，而是緊緊盯著梁宥時蒼白的臉龐。

第四夜

追獵（下）

夏司宇的記憶力並不差，在見到梁宥時的時候，他就已經認出這個人就是杜軒曾拜託他保護的生者，只不過，他對於梁宥時出現在這裡的事情，感到有些懷疑。

生者不會像這樣頻繁地來到死亡空間，到目前為止，他遇到的就只有杜軒這一例特殊情況。若是隔段時間那還比較有道理……但面對梁宥時，他總有種奇怪的感覺，令人心生不快。

他並不會討厭梁宥時這個人，只是覺得他的存在很麻煩，而且根本幫不上杜軒的忙，一點用處也沒有。

當他看到梁宥時見到杜軒後直接黏上來的舉動，心裡又更不爽了。

梁宥時花了好幾分鐘才終於冷靜下來，當然這段時間他很努力壓抑聲音，因為他知道，發出聲響很有可能會被那些怪物發現。

杜軒拍拍他的背，直到他呼吸恢復正常為止。

說實在話，他們現在不該停留在這裡，不單單是因為這裡是死角，沒有任何退路，還有就是像夏司宇之前所說的——他們必須持續和怪物們保持安全距離，這樣比待著不動安全許多。

「你怎麼會在這？我還以為你在樓上。」

「我原本也是這樣以為……」

梁宥時沮喪地說出自己在被杜軒推出鐵捲門之後，遭遇到的情況。

當時他也以為會倒在樓梯口，可是他的身體卻向下墜落，最後摔落在破爛的彈簧床上，身體雖然沒有大礙，心情卻大受影響。

眼前畫面仍停留在杜軒被抓走的那一刻，梁宥時當下覺得自己百分之百會死在這裡，但是讓他猶豫的時間卻沒有多久，因為他聽見了人的慘叫聲。

膽怯地走出房間，看到一個成年男人被怪物徒手撕成兩半的畫面後，梁宥時頓時失去逃跑的力氣，只能用最快速度躲回房間，窩在彈簧床旁，抱著頭發抖。

他沒想到自己居然會回到原本的樓層，再次面對徒手將人打成肉渣的怪物。

梁宥時陷入混亂，他寧可躲著不動，因為無處可去，倒不如就在這裡躲著。

他不在意時間過去多久，也不想知道。

可惜，寧靜的獨處時光並沒有持續太久，他很快就被逃進來的人再度捲入與怪物的追逐戰，好不容易躲過追殺後，卻又迷了路。

著急、慌張，害怕面對死亡的梁宥時陷入混亂，而在他漫無目的地尋找能夠活下去的機會時，竟然在轉角處撞見了杜軒和夏司宇。

他沒想過能再和杜軒見面，一想到能夠依靠的人再次回到身邊，梁宥時二話不說就緊緊抱住了他。

「這個地方究竟是什麼鬼……為什麼我會……為什麼……」

杜軒只是拍拍他的背，沒有回答。

在聽完梁宥時說的話之後，他更加肯定這棟建築物是「故意」的。這裡就和「狩獵場」一樣，不打算讓任何生者離開，所以這棟建築才會把梁宥時直接丟到有怪物出沒的這層樓，因為它知道憑梁宥時的能力，絕對不可能生還。

「『活』的建築物真的很棘手。」

「你說什麼？」

「……沒事，不用在意。」

杜軒起身，同時把梁宥時拉起來。

他轉頭問夏司宇：「怪物的位置如何？」

「附近暫時沒有聲音，要離開的話就得趁現在。」

「那好，我們走。」

「等一下。」夏司宇看到杜軒打算帶梁宥時一起走，不由得皺眉，「你想帶著這個拖油瓶？」

梁宥時被夏司宇冷冰冰的聲音嚇到，他膽怯地抬起頭，和夏司宇四目相交。

不用問也能看出來夏司宇有多不耐煩，完全沒給他好臉色看。

梁宥時忍不住貼向杜軒，想躲在他身後，但沒想到這麼做反而讓夏司宇的表情變得更加猙獰可怕。

「噫！」

「夏司宇你夠了。」

杜軒用手指輕戳夏司宇的臉頰，但那張撲克臉還是沒有任何反應。

即便杜軒知道，以目前的情況來說，確實不適合帶著礙手礙腳的梁宥時一起行動，可是也不能把他放在這裡不管。

「梁宥時，你想活著對吧？」

「當、當然……」

「那你就得拿出勇氣，雖然我救過你一次，但我可不會再這樣做第二次。」

梁宥時點點頭，或許是害怕再次和杜軒分開，態度和之前比起來更加聽話乖巧，也沒有對杜軒有任何一絲懷疑。

這也不奇怪，畢竟杜軒救過他，面對身為陌生人的他還能拚命保護——這讓梁宥時對杜軒產生極大的信任感。

雖說梁宥時沒有說出口，但杜軒仍能從他的表情看出他對於自己的依賴有多深。

相較之下，一旁的夏司宇表情真的變得越來越可怕，似乎對他的決定很不滿。

兩人行變成三人行，說實在話，杜軒剛開始還有點擔心，不過梁宥時表現得比他想的還要好，很快地，夏司宇也稍稍對他收起了一點怒氣。

但，就真的只有「一點點」。

「像上次那樣把他關在某個地方不行嗎？」

「你怎麼還在講這種事……我說過不行，這次和之前的情況不同，最好不要分開行動比較妥當。」

「可是人多危險性也會提高。」

「這種事我當然知道。」

「……明明對剛才遇到的三個生者都沒這麼在意，卻對這傢伙特別寬容，我真搞不懂你在想什麼。」

「那你就繼續去煩惱吧。」

杜軒嘆口氣，放棄繼續和他溝通下去。

「總而言之，我們現在應該想怎麼離開這層樓。」

夏司宇看了他一眼，也跟著嘆口氣。

「好吧。」他雙手環胸，歪頭問道：「所以，我們要在這裡走多久？」

杜軒知道夏司宇是故意問他這種事，因為他們到現在還是沒有任何線索。

梁宥時原本並不想插嘴，但他忽然覺得有點奇怪，於是忍不住開口問道：「那個……你們有沒有覺得現在好像變得有點……安靜？」

聽梁宥時這麼一說，杜軒和夏司宇才停止拌嘴。

確實變得安靜下來了。

直到不久前都還能聽見人們的慘叫聲或物體強烈撞擊的巨響，現在卻突然什麼也聽不見了，彷彿整層樓突然只剩下他們三個人一樣。

夏司宇停下腳步，杜軒和梁宥時也同時停止前進。

周圍安靜到能清楚聽見彼此的心跳，就連天花板上的水滴落下的聲響，都格外清晰明顯。

杜軒看到夏司宇的表情越來越凝重，也不敢隨便開口搭話，然而，旁邊的牆壁竟突然冒出一顆眼球，布滿血絲地瞪著他。

「哇啊！」

杜軒從牆邊彈開，雖然沒摔倒，但他發出的聲音卻足以吸引怪物們的注意力。

夏司宇立刻轉身扛起他，同時拽住梁宥時的衣領，往後退三步距離。

才剛離開不到一秒，牆壁突然被破壞，水泥塊四散，而牆面則是出現一個大洞。

強而有力的身軀搖搖晃晃地走出來，掛在天花板上的燈泡，因為承受不了衝擊力道，摔落在粗壯的雙腿旁邊。

光線由明轉暗，剩下的，只有那近在眼前的壓迫感。

是怪物。

即便在黑暗中能見度有限，他們仍能確定這個不速之客，就是有著可怕怪力的壯漢怪物。

接著他們聽見腳步聲快速逼近，速度快到讓人措手不及。

本該尖叫的梁宥時此時已經嚇暈過去，正式成為名符其實的拖油瓶。

被扛著的杜軒眼睜睜看著從黑暗中朝自己揮來的拳頭，嚇出一身冷汗，好在夏司宇及時閃避，讓拳頭落空，但對方的攻擊沒有停止。

夏司宇看了臉色鐵青的杜軒一眼，接著鬆開抓住梁宥時的手，就這樣直接帶著杜軒在走廊上狂奔。

背對怪物是很可怕的事，因為可以清楚感覺到從後面追上來的壓迫感，而被摔醒的梁宥時回過神，看到怪物追逐兩人而去，手忙腳亂地在地上爬行，重新縮回角落抱著頭顫抖。

杜軒意識到夏司宇是故意逃跑的，不過拋下梁宥時就算了，為什麼要扛著他跑？明明把他們兩人都留下來的話，夏司宇就能自由出手，不受干擾。

給杜軒思考的時間並沒有很長，夏司宇才剛扛著他沒跑多遠，右側牆壁裡突然爆出一隻肌肉賁張的手臂，狠狠抓住夏司宇的肩膀，將他用力往後推擠在牆上。

「唔！」

「什麼鬼！」

夏司宇悶哼一聲，因為衝擊力道過大，下意識鬆開手，害杜軒重摔在地。

那隻抓住夏司宇的手根本沒有調整力量，就這樣硬生生將夏司宇的手臂折斷。

清脆的骨裂聲響，令杜軒臉色發白，震驚地看著夏司宇咬牙切齒的痛苦表情。

「夏司——」

才剛想開口呼喚夏司宇，很快就因為後方追趕而來的壯漢，驟然停止。

腦內警鈴大作，杜軒顧不得摔痛的背，用盡全身力氣從地上爬起來逃跑，但他的速度根本比不上擁有怪力和非人體能的怪物。

抬起頭的瞬間，怪物已經近在眼前，彎曲五指往他的臉正面迎來。

被抓到的話，他的頭肯定會立刻被捏碎！

腦海閃過這個想法的杜軒，也不知道自己哪裡來的反應，飛快從口袋裡掏出唯一的武器，用雙手握住刺進眼前的掌心。

「嗚……」

他彎曲膝蓋，用盡全身的力氣才好不容易擋住對方的攻擊。

手沒能碰到他，但是離他很近，近到能夠嗅出對方身上的惡臭。

「臭死了……」

杜軒咬牙切齒地低聲抱怨，雙手無法克制地顫抖著。

忽然，從這隻手後方冒出皺褶、浮腫的臉，眼皮厚重到將雙眼遮住，就像是多層肥肉堆疊在面部一樣。

杜軒被怪物的模樣嚇到，如果不是在這麼近的距離，他根本不知道這東西竟然長得這麼噁心！

即便看不見眼睛，卻仍能清楚感受到怪物在凝視自己。

他看到怪物的手指動了一下，驚覺不妙，立刻拋棄美工刀，雙手一縮。

果不其然，在他收回手的同時，怪物握緊拳頭，輕輕鬆鬆就把插入掌心的美工刀擠壓成廢鐵。

杜軒迅速往後退，想要拉開距離，但根本辦不到。

怪物大步朝他走來，明明有確實傷到他的手，可是連一點用也沒有。

就在杜軒發現自己閃避不及，只能眼睜睜看著怪物再次朝自己揮掌的時候，從他的右耳側後方迅速揮來一記拳頭，狠狠打在那扭曲醜陋的臉龐上。

怪物悶哼一聲，倒地不起，杜軒的耳邊只剩下大口喘息的聲音。

他立刻轉頭，這才發現被折斷手臂的夏司宇，竟然滿頭是血地站在自己身後。

「夏司宇，你到底……」

「沒事，用不著擔心。」夏司宇用手背擦去額上的鮮血，態度從容自若，根本不像是才剛被怪物攻擊過的樣子。

「什麼叫不用擔心，你不是被怪物……」

杜軒反駁的同時，也注意到倒在夏司宇身後不遠處的龐大身影。

他這時才明白，原來夏司宇已經把從牆壁裡跳出來的怪物幹掉了。

而且，他剛才明明聽見骨頭斷裂的聲音，夏司宇的手臂應該被折斷了才對，怎麼可能在這麼短的時間內恢復如初，還揮拳揍飛另外一隻怪物？

難道這就是死者的「自我復原」能力？

兩人的對話只進行了短短幾秒，身旁的牆壁上便突然冒出一顆巨大眼珠，目不轉睛地盯著他們，接著下一瞬間，整面牆壁都出現同樣的眼球，全都看著他們。

視覺上的強烈壓迫感，令人渾身起雞皮疙瘩，照這樣來看，他跟夏司宇已經被盯上了。

「我們走。」夏司宇將軍刀插入最先出現在牆上的那顆眼球裡，無視它噴出鮮血，面無表情地對杜軒說：「現在他們的目標是我們，就算我能打贏，但對方數量比較多，這對我們不利。」

「你不是說它不會攻擊死者嗎？」

「照理來說是這樣沒錯，但我幫助了你，所以被這棟建築視為反抗者了吧。」

說不到幾句話，兩人又聽見沉重的腳步聲逼近。

「數量有點多，看來是真想把我們殺掉。」

「還用得著你講？先移動再說。」

「嗯。」

夏司宇點頭應和，接著又拎起杜軒，讓他坐在自己的手臂上，直接帶著他跑起來。

這回夏司宇特別留意牆壁後方的情況，不過這些「怪物」似乎有學習能力，沒有在像之前那樣破牆偷襲，而是改成占據每條走廊，將他們團團包圍。

夏司宇想了想，停下腳步，把杜軒放下來。

「你要幹嘛？」

杜軒不知道他在打什麼主意，眼睜睜看著夏司宇抓住天花板裸露的骨架，把自己的身體吊上去，蹲在天花板的夾層裡。

接著他伸手把杜軒也拉上來，兩人就這樣躲起來，安靜不出聲。

腳下的走廊有許多「怪物」走過去，他們的速度很慢，和聽見聲音後衝刺過來的模樣完全相反，看樣子他們是聽見動靜才會行動。

「這些傢伙是殺不完的，果然只能像之前那樣，想辦法把地板打破。」

「你又想破壞建築物……」杜軒大口嘆氣，「雖說這裡破破爛爛的，看上去就有被破壞過的痕跡，但能找到像之前那種比較脆弱的地板嗎？」

「我也不清楚，但還是得嘗試。」

「在你嘗試的時候，這些傢伙就會衝過來了。他們跟樓上那些長手臂不同，速度很快。」

「這麼愛抱怨，難道說你有比這還好的點子？」

「呃、倒是沒有。」杜軒尷尬地摳著臉頰，接著低頭，與正下方的眼珠四目相交。

雖說這些眼球只有監視作用，沒什麼危險，還是讓人感到不舒服。

「說起來，還得回去找梁宥時，不知道他是不是還活著。」

「大概沒事，只要他安分地躲好就沒問題。」

「是因為怪物想殺的人是我們兩個？」

「嗯。」

「其他人該不會都被殺光了吧。」

「機率很高。」

「嗚哇，這樣想拿其他人當墊背都沒輒。」

「你還是老實點思考離開這裡的方法。」

「我知道，可是根本沒有線索啊……」

兩人好不容易找到機會交談，卻沒有得出任何結論，再次陷入死巷。

「唉……真不想承認，似乎只剩你剛才說的那種方法了。」

破壞建築物——雖然這方法很笨拙、愚蠢，但從現在的情況來看，似乎是唯一的出路。

「往上爬不行嗎？這裡的天花板似乎比地板還容易破壞。」

「可以是可以，但下面那層也是被封閉、沒有去調查過的區域，我還以為你會比較有興趣。」

「呃、是沒錯啦……但我想先喘口氣。」杜軒搔搔頭髮，「再這樣下去，我都覺得自己快放棄找出路了，還不如去你說的那座天橋。」

夏司宇盯著杜軒的臉，似乎想說什麼，但還沒來得及開口，他的身體就突然被人往下拉。

杜軒瞪大眼，眼睜睜看著原本好端端待在他身旁的夏司宇，就這樣在眼前消失，嚇得說不出話。

他立刻往下看，但還來不及看清楚發生了什麼事，就被粗壯的手臂掐住脖子往下拉回地面。

「碰」一聲的重擊後，杜軒整個人被重壓在地，脖子被掐住的他連點聲音也發不出來，甚至快要無法呼吸，感受著窒息的痛苦。

腦帶缺氧讓他無法思考，直到壓在他身上的怪物被人一腳踹飛，他才好不容易能夠呼吸到新鮮空氣。

「呼、呼啊！咳咳、咳……」

杜軒張著嘴從地上爬起來，不顧口水滴滿地，試圖呼吸更多空氣。

「站起來！」

聽見夏司宇向他大吼的聲音，杜軒立刻回過神，用盡全身力氣起身站穩腳步。

但是，當他抬起頭的時候，見到的卻不是夏司宇，而是怪物猙獰的臉龐，以及那張朝他揮過來的巴掌。

腦海瞬間閃過小孩子被拍成肉渣的畫面，當下他的心全都涼了。

下意識閉起雙眼，杜軒卻沒有感受到重擊。

膽怯地睜開眼睛後，他看到夏司宇的背影氣喘吁吁地站在面前，掐著滿頭是血、倒地不起的怪物。

在這一幕之後，是數量多到無法計算的怪物群。

壯漢完全堵住去路，兩人無路可逃，幾乎沒有活下去的希望。

杜軒愣在原地，久久無法回神。

此時此刻他腦袋裡想起來的，竟然是那冰冷刺骨，不懷好意的聲音——

「這次，我絕對要殺了你。」

杜軒渾身一震，臉色鐵青。

啊啊，他真的到此結束了。

看著眼前的夏司宇被怪物淹沒，杜軒知道自己即將面臨死亡。

逃過這麼多次，終究還是逃不過。

他閉上眼，用沉默接受眼前的事實。

碰！

巨響從他面前傳來，但受到衝擊的並不是他。

還沒反應過來，他就被人拎在手臂裡，身體開始高速移動。

「嗚哇啊啊啊！」

杜軒放聲慘叫，因為不習慣所以頭暈目眩。

接著他聽見夏司宇對他大吼：「媽的！幹嘛傻傻等死！想氣死我嗎！」

夏司宇的不爽吶喊，擊中杜軒的內心，原本已經決定接受死亡的想法一掃而空。

夏司宇身上的傷明顯比之前還多，但他仍堅持保護著杜軒，邊閃躲怪物的攻擊，邊用體技將他們放倒在地。

他利用短短幾秒空檔，將手槍塞進杜軒手裡，不滿地大吼：「給我反擊！你不是想活下去嗎！」

杜軒抓緊手槍，從沒想過自己竟然會被身為死者的夏司宇激勵。

對啊——沒錯，他才不想死在這種鬼地方。

憑什麼聽到那個「聲音」要殺他，他就得乖乖妥協！

「該死！」

他用雙手握住槍托，對準前方的怪物，扣下板機。

「砰」一聲槍響，子彈貫穿怪物的眉心，龐大的身軀立即倒地。

從沒開過真槍的杜軒，被響亮的槍聲嚇到，槍口冒出的煙硝確實地告訴他，他開了槍，而且還漂亮的一槍斃命。

「做得很好。」耳邊傳來夏司宇的稱讚聲，接著，握槍的手被比他還大的掌心覆蓋，槍口往下，對準兩人踩著的地面連開多槍，直到彈夾內的子彈用盡。

怪物衝上前，一拳打在他剛才開槍的地面，地板開始龜裂。

夏司宇稍微往後挪動腳步，輕而易舉閃過，但接著後面又有另外一隻怪物朝他揮拳，當然——夏司宇清楚看到了對方的攻擊路線，輕鬆閃開。

他故意在龜裂的地板附近挪動腳步，引誘那些怪物攻擊。

一次、兩次，拳頭不斷重複擊打同個地方，地面龜裂的痕跡越來越深。

最後，水泥終於碎裂，整條走廊的地板沿著龜裂的痕跡崩塌，形成巨大的窟窿。

杜軒和夏司宇，連同走廊上的所有怪物一起往下掉，消失在伸手不見五指的黑暗中。

啪。

高空墜下的物體重擊水面，濺起不小的水花。

晃動的水面慢慢恢復平靜，但沒過幾秒，人影從水中撐起身體，大口呼吸。

「咳咳咳咳！」

劇烈的咳嗽聲響起，身體試圖將卡在呼吸道的水排出去，雙腳踩不到地面的懸空感，讓人搞不清楚方向，只能盲目地高仰下巴，暫時維持原來的姿勢呼吸。

還來不及多吸幾口氣，從天而降的龐大身軀，完全遮住上方的光線，直直墜落在他頭頂。

因為來不及閃避，他就這樣被強制壓入水中，花了一番功夫才好不容易掙脫，重新破出水面。

「媽的，差點以為會死……」

差點溺水讓心情糟糕到極點，杜軒忍不住口出惡言。

沉下去的身軀沒有浮起來，如今漂在水面上的就只有他。

想到跟自己一起摔下來的夏司宇不知道跑去哪了，杜軒立刻開始找尋他的蹤影，但骯髒的汗水和撲鼻的惡臭，阻礙了他的視線與集中力。

「咳、夏司宇！聽到的話喊一聲！」

杜軒強忍著難受想吐的感覺，努力尋找夏司宇。

此時的他並不知道，危險就潛伏在無法看透的水面之下。

「夏司宇！夏司——唔！」

杜軒的腳踝被某種東西抓住，硬生生往下拖入水底，他來不及反應，沒有時間儲存氧氣，在這充滿惡臭的汙水裡也睜不開眼，只能不斷掙扎，用另外一隻腳去踹。

但不管他怎麼做，就是沒辦法讓拉住他的東西鬆開，他只感覺身體一直下沉，彷彿已經離水面很遠很遠。

憋不住氣的他，臉色變得蒼白，身體也漸漸失去掙扎的力氣。

意識陷入模糊，再也無法支撐下去。

杜軒的身體開始癱軟，不再掙扎。

那隻抓住杜軒腳的手，慢慢往上攀爬，碰觸他的屁股、腹部，將他的身體完全包覆——但並沒有持續太長時間。

明明是能見度極低的汙水，卻有隻強悍的手從旁邊一把抓住攻擊者的手，將它像樹枝般輕鬆折斷，把杜軒奪過來。

他帶著杜軒快速上升，衝破水面。

一邊喘息，一邊將癱軟的杜軒拖到旁邊的水泥臺上。

把杜軒推上去之後，才撐起沉重的身軀，離開危機四伏的汙水。

兩人全身溼透，但他顧不得這些，只顧拍著杜軒的臉頰，試圖喚醒他。

但，沒有用。

無可奈何之下，他只能按壓杜軒的胸口，施行人工呼吸，幾次之後總算成功讓杜軒把水吐出來，恢復呼吸。

「咳咳咳！」

杜軒用力咳嗽，經過短暫失去意識，現在的他只顧著汲取氧氣，腦袋無法思考。

好不容易平復下來之後，杜軒才抬起頭，看著和他同樣全身溼透的夏司宇。

「要死了……這種事我可不想體驗第二次。」

夏司宇用手背擦去下巴的水滴，「抱歉，當時是緊急狀況。」

杜軒很想抱怨夏司宇又用破壞地板這招逃生，但現在他什麼話都不想說。

他渾身惡臭、喉嚨裡堵著讓人噁心想吐的感覺，腿上還殘留著被某種東西拽住的觸感。

不知道是因為全身溼透的關係，還是說這裡的溫度低得可怕，杜軒一直在顫抖。

夏司宇看到他沒事後，盯著汙水說道：「離水遠點，裡面有東西。」

「不用你提醒我也知道。」杜軒有氣無力地吐槽，不過他心裡還是很感謝夏司宇。

要不是因為他，這次他絕對活不下來。

夏司宇原本想跟他提起人工呼吸的事，怕他覺得不舒服，不過想了下還是決定不說，反正沒有告知的必要。

「這裡……是下一層嗎？」

杜軒終於能夠好好觀察這層樓，但，非常奇怪。

就他的記憶，這層應該就是被拒馬和鐵絲封閉住的樓層，不過怎麼看都比較像地下水道，而不是兩層樓之間的樓層。

明明在這下方，至少還有一層樓才對，也就是自己一開始醒過來的地方。

而且以他剛才沉下去的深度，這層樓的高度很顯然和其他層不同，但他在爬樓梯的時候並沒有感覺出樓層之間的高度差異。

果然，現實世界的樓層概念，在這裡不適用。

「那些怪物呢？他們應該會跟著我們一起摔下來吧。」

「都掉進水裡了。」

「看來剛才把我壓下去的就是那些東西。」

「嗯。」夏司宇抬起頭，看著天花板上的大窟窿，皺緊眉頭。

原本聚集在上面的壯漢全都不見蹤影，雖說以高度來講，似乎是能從這裡爬回去，但問題是破洞位置是在水道的正上方，沒有著力點。

「總之，現在先想辦法把身體弄乾再說，不然你會生病。」

「呃呃呃……」杜軒抱著雙臂顫抖，忍不住打了個噴嚏。

坦白講，比起取暖，他比較想要洗個澡，但是這種地方肯定不會有浴室之類的設施，他也只能痴心妄想。

夏司宇瞟了一眼水面，隱隱約約能看到有物體在水中徘徊。

擔心繼續待在這裡會有危險，於是夏司宇便把力氣還沒恢復的杜軒抱起來。

「你怎麼又突然抱我！」

「不想死的話就閉嘴。」

杜軒呆呆看著他，接著轉頭望向水道，頓時明白了他的意思。

他乖乖讓夏司宇抱著自己，沿著水道旁的水泥地往深處走去。

當兩人的身影沒入黑暗之後，那隻抓住杜軒的纖細爪子，慢慢從水裡伸出來，像是在尋找什麼一樣的，盲目地在杜軒剛才躺過的地方摸索。

失去目標的爪子，在沒有碰觸到任何活體後，又無聲地縮回水面下。

水道再次恢復平靜，彷彿什麼事都沒發生過。

第五夜

逃生路（上）

他要收回自己剛才說過的話，果然這個世界沒辦法用「常理」判斷。

夏司宇帶著他離開水道區域後，旁邊是類似於工廠的場景，這裡有非常多設備，甚至還有工人使用的休息室和獨立發電機，簡直是這棟建築內最舒服的地方。

工人的休息室裡有床跟衛浴設備，就像是間小套房，雖然不大，但對杜軒來說就像是天堂，唯一美中不足的地方，便是讓人無法忽略的低溫。

這裡比上層樓的溫度還要低，連呼出的空氣都能瞬間變成白霧，為了維持正常體溫，杜軒很快就被夏司宇扔進浴室，強迫梳洗。

杜軒剛開始以為這裡肯定沒熱水，沒想到一轉開水龍頭，暖呼呼的熱水立刻冒出來，讓他的心靈得到療癒。

舒服地洗了個熱水澡，穿上夏司宇不知道從哪找來的乾淨衣服後，杜軒便投入床鋪的懷抱，窩在棉被裡面完全不想出來。

夏司宇沒理會杜軒，在他之後簡單地沖了澡，把髒衣服拿去洗好晾起來，最後坐在床邊開始整理自己的隨身手槍和刀具。

杜軒從棉被裡冒出頭來，看著夏司宇。

「你在幹嘛？」

「我被帶到這裡來的時候，很多武器都不知道去哪了，沒有足夠的自保能力。」

「但我看你都做得滿好的啊，還救過我好幾次。」

「萬一遇到光用這些小手段對付不了的敵人，我就真的保不了你。」

「呃、好吧。」杜軒摳摳臉頰，「不曉得這裡能找到什麼有用的武器。」

「等衣服乾了再說。」

夏司宇邊說邊從口袋裡拿出一支打火機，扔到杜軒面前。

杜軒眨眨眼，低頭看著它。

打火機十分精美漂亮，上面刻有隼的圖樣，感覺不便宜。

「這是要做什麼？」

「你拿著它就知道了。」

杜軒半信半疑地照著夏司宇的話去做，沒想到在握住打火機之後，一陣暖流滲入心中，體內的寒氣瞬間消失不見。

他很驚訝，因為這感覺就像是魔法般神奇。

「打火機型的暖暖包嗎！這東西好扯！」

「那裡面有不會熄滅的火種，是我以前在其他空間拿到的，有祛寒功效。你剛才差點死掉，先拿著它恢復一下身體的溫度。」

「怪不得你看上去完全不受溫度影響。」

「我本來就不怎麼怕冷，是你身體太弱。」

「不好意思，我就是這麼纖細。」

杜軒嘟起嘴巴，悶悶不樂地吐槽，但心裡還是十分感謝夏司宇。

這傢伙只是嘴硬而已，其實是個老好人。

「話說回來，我剛才在水裡的時候，好像有被什麼東西抓住的感覺……」

「那是這裡的『怪物』，不過比起樓上那些傢伙好對付。」

「汙水能見度這麼低，你還能看得見？」

夏司宇冷眼看向他，像是在質疑他為什麼要問這種怪問題。

杜軒摸摸鼻子，果斷放棄追根究柢。

兩人在休息室待了很長一段時間，但看過手錶後卻發現時間並沒有過去多久。

這段時間裡夏司宇很安靜，只要杜軒沒開口，夏司宇就不會主動跟他說話。

杜軒感覺到自己體溫恢復不少，身體恢復行動能力後，便起身離開床鋪。

夏司宇看到他爬起來，眉頭又皺起來。

「你要幹嘛？」

「在這裡待著也是無聊，我要去附近看看。」杜軒穿好鞋子，雖然還是又冷又溼、很黏很難受，但也只能硬著頭皮穿。

既然這層樓的怪物是在水中，那麼只要遠離水的話，應該就不會有危險。

在他準備走出休息室的時候，發現背後有個人緊緊跟著自己。

杜軒無奈地轉過頭去，「用不著這麼擔心我，我不會有事。」

「你應該沒忘，自己剛才差點溺水身亡的事吧？」

「所以說啊，只要不靠近水就好，我沒那麼蠢會溺水兩次。」

「很難講。」

杜軒很不爽，卻沒辦法反駁。

夏司宇幫了他是事實，他溺水過的事也是事實，因此他並不覺得夏司宇是對自己保護過度。

「好吧，那就一起走。」

兩人離開休息室，在這間看起來很像工廠的地方晃了一圈。

正如杜軒所預期，沒有任何發現。

接著兩人又往遠離下水道的方向去探索，沒過多久就找到熟悉的樓梯口，但那裡被拒馬和鐵絲封鎖，完全沒有出去的路。

看到這些拒馬後，杜軒至少確定了一件事——這裡就是他當時經過的樓梯口。

透過鐵絲隙縫，他可以看到樓梯那側的「B2」字樣，證實他們確實還在這棟建築裡，只不過這層的設置和樓上差太多。

有那種水道的話，至少能確定這裡是平地以下的空間。

先暫時把這裡當作地下一樓好了，那麼有著蠻力怪物們的那層，就是一樓，照這樣繼續往上推算，辦公室是在二樓，而詭異護理師所在的位置是三樓……

「你在想什麼？」

夏司宇出聲打斷杜軒的思緒，他歪頭看著杜軒，似乎沒有多想。

「我在想要怎麼回去之前能讓我打瞌睡的那層樓，就現在的情況來看，那裡是最安全的。」

「但那裡並沒有離開的出路。」

「唉，結果我們花一堆時間在探索這棟建築，卻連半點離開這裡的資訊都沒拿到手。」杜軒很沮喪，煩躁地搔頭，「相較之下，之前那些有明確目標的遊戲還簡單些。」

那個「聲音」想要他死，所以把他扔到這種讓人摸不著頭緒的地方，但他可不打算就這樣不明不白地死去。

夏司宇看他還是很苦惱的樣子，便說道：「要不再打個洞往下走？」

「你這傢伙……真的除了破壞地板之外，沒有其他好點子了是不是？」

「因為比較簡單，而且快。」

「認真問你的我真蠢。」

杜軒放棄與夏司宇討論這個話題，背對樓梯口往回走。

簡單地逛過整層樓之後，杜軒確定了幾件事。

第一，怪物確實都待在水裡，不會離開；第二，工廠位在地下一樓、自己一開始醒來的地方在地下二樓，雖然再往下還有一層，樓梯卻都被堵住了；第三，這層樓的低溫不僅是因為潮溼的關係，通風口吹出的冷風，讓人覺得彷彿身在冷凍庫。

雖說他現在有夏司宇給的打火機能夠維持體溫，但長時間待下去還是會受到影響，得盡快想辦法離開。

話又說回來，他覺得很奇怪，明明溫度這麼低，可是下水道的汙水卻沒有結冰的跡象，彷彿水面上和水面下是兩個不同的世界。

即便知道有問題，杜軒也沒勇氣去查證原因，因為當他靠近下水道的時候，總會看到水面慢慢晃動，像是知道他在旁邊一樣。

至於從夏司宇打破的天花板回到樓上，那是不可能的了，得想其他辦法。

杜軒和夏司宇漫無目的地在偏離水道的地方走來走去，思考中的杜軒全神貫注，但夏司宇反而看起來很悠哉，一點也不擔心。

突然間，夏司宇停下腳步，轉頭盯著旁邊的牆壁。

杜軒注意到夏司宇沒跟過來，便回頭找他，這才發現他很認真地盯著牆壁，不知道究竟在幹什麼。

「喂，你在這發什麼呆？」

他冒著冷汗，大步走向他，沒想到連回答都還沒聽見，夏司宇就突然握緊拳頭，跨出馬步，狠狠往牆壁砸下去。

杜軒大傻眼，而夏司宇則是面無表情。

他的拳頭沒入牆壁之中，而看似厚實水泥的牆面，就這樣輕輕鬆鬆被他打穿。

仔細看之後才發現，原來牆中間是空心的，怪不得夏司宇能夠單手突破。

「裡面是什麼？」

杜軒探頭探腦，但裡面太暗，什麼都看不到。

夏司宇把外層的水泥塊剝開後，一扇發霉、潮溼臭味濃郁的木門出現在眼前。

兩人互看彼此，決定由夏司宇來轉動喇叭鎖。

喇叭鎖有些生鏽，轉動得不是很順利，因此夏司宇將肩膀靠在門板上，一使力稍稍抬起門，用蠻力將它打開。

門內傳出臭味，杜軒馬上掐著鼻子後退好幾步，而夏司宇則是皺起眉頭。

「你先不要靠近。」

「不用你說，我也不想接近。」他邊說邊把打火機扔給夏司宇。

夏司宇接住後，點亮火光，用打火機來照亮內部。

這個隱藏房間並不大，大概只有兩坪空間，走進去一點點就能看到有張椅子和工作桌。

工作桌上放著一個黑色盒子，而在椅子上，則是有具已經化成白骨的完整遺體。

已經很有經驗的夏司宇，早料到會是這樣，所以才不讓杜軒靠近。

從遺體的狀況和門被封起的情形來判斷，這個人很有可能是被關在裡面，但關在裡面時是死是活，就不得而知了。

潮溼的房間，讓遺體損害得特別嚴重，不過因為溫度夠低，所以才能維持如此安好，甚至沒有被蟲啃食過的痕跡。

不管怎麼說，這種封閉的空間會導致屍體產生瘴氣，久待可能會影響身體健康，對屬於生者的杜軒來說很危險，所以才不讓他靠近。。

夏司宇拿起黑色盒子走出去和杜軒會合，只不過分開片刻而已，杜軒就已經冷到不斷顫抖，臉色也變得蒼白。

夏司宇立刻攙扶著他，將打火機塞進他的手裡。

「看樣子這裡的溫度越來越不妙了。」

「嗯……是、是啊……」

夏司宇扶著杜軒回到休息室，用棉被把他包得密不通風，靜靜等他恢復體溫，而自己則是在這段時間裡試著用小刀撬開黑色盒子。

杜軒聽到金屬摩擦的聲音，抬起頭看著夏司宇。

「你找到了什麼？」

「不知道，希望會是有用的東西。」

稍稍撬了一下鎖口後，黑色盒子便彈開來，兩人還因為太過突然而嚇了一跳。

夏司宇收起小刀，慢慢先開盒蓋。

盒內鋪有紅色絨布，看上去很高級，上頭卻只躺著一張透明塑膠片。

杜軒和夏司宇盯著它看了很久，還是不明白。

他們同時把頭歪向左邊，又歪向右邊，最後再次對看。

什麼鬼？

這到底是什麼意思啊！

「為什麼要把這種東西藏起來，還上鎖？」

杜軒大聲提問，越來越搞不懂這是什麼情況了。

「別問我，我也不知道。」夏司宇難得冒冷汗，一臉無奈，「不過既然重要到需要保護，肯定是對我們有利的道具。」

「該不會裡面藏有離開這裡的方法？」

「如果是這樣，那為什麼那個人沒去看裡面的資訊，反而關起來跟它一起死掉？」

杜軒摸著下巴思考一陣子之後，根據自己看到的情況，推斷出一個想法。

「會不會是拿到後離不開，所以乾脆就把最重要的線索跟自己一起藏起來。既然出不去的話，就乾脆讓所有人跟著陪葬。」

「……這倒是有可能。」

人在面臨死亡的時候，倫理道德和價值觀念全都會被推翻，會做出什麼樣的事情，沒人能夠知道，恐怕就連當事人本身也沒有概念。

這樣想想，還挺悲哀的。

「看起來似乎是投影片。」

杜軒拿起塑膠片，瞇著眼睛放在燈光下查看，隱約能夠看見裡頭有東西，不是文字而是圖片，他下意識認為應該是地圖之類的。

若是的話，那麼裡面肯定有呈現出去的路。

「總之，不看的話就不會知道它是什麼。」

夏司宇好奇問：「你要怎麼看？拿著手電筒打光嗎？」

「如果有足夠的光源和放大鏡的話就能直接看，可惜我們手邊目前沒這些東西。」杜軒嘆口氣，「但，我知道哪裡有能用的道具。」

「在哪？」

面對夏司宇的提問，杜軒默默地伸出手指著天花板。

「有天橋的那層樓。」

「……意思是我們要回去那裡？」

「嗯，我記得那裡有投影機，這東西可能就是要在那使用。」

之前他還覺得奇怪，為什麼那層樓會有一間完全不搭的視聽教室，現在他懂了——那間教室就是為了這張投影片而存在的。

「既然如此，問題又回到原點。」夏司宇雙手環胸，「要想辦法往上爬。」

他可不想和杜軒一起被困在這裡，雖然死者不會死亡，但生者的靈魂在這裡待太久的話，就會像那具腐爛的屍體一樣，永遠被困在這裡。

回不到原本的世界，也回不去肉體，甚至連靈魂也無法離開。

至於被困在異空間的靈魂最後會有什麼樣的下場，他也不知道。

「那麼接下來就是要找看看有沒有什麼辦法能回到樓上了。」

「先回休息室，衣服應該差不多乾了。」杜軒拉拉上衣，一臉嫌棄，「這件衣服味道有夠難聞，我真的快受不了它了。」

「有得穿就不錯，難道你想光著身體到處走？」

「我會先被凍死吧。」杜軒兩手一攤，無奈道，「我穿成這樣還能在這裡走來走去，都多虧了你那支打火機，它真的很神奇。」

「我只是暫時借給你，你還是得把它還給我。」

「知道啦！幹嘛這麼小氣。」

杜軒嘟起嘴，小聲抱怨夏司宇是鐵公雞，才剛以為他終於有點人性，沒想到還是這樣冷冰冰的。

「走啦走啦，回去了。你可別跟我說你忘記休息室的位置。」

「這裡的路看上去很複雜，但其實挺好認的，只有笨蛋才會在這裡迷路。」

「嗚哇！你的語氣真的有夠欠揍。」

「我不過是實話實說。」

「是是是，是我小心眼，不該嗆你……唔！」

原本還在悠哉和夏司宇說話的杜軒，突然腦袋一陣抽痛，像是有人狠狠在他的腦殼底下用橡皮筋彈。瞬間的痛感讓杜軒失去說話的力氣，整個人踉蹌地扶著頭彎腰，往旁邊冰冷的牆壁靠過去。

夏司宇一看到杜軒不太對勁，立刻轉身走回他身邊。

杜軒抬起頭，發覺自己的視線變得模糊不清，只能隱約看到黑色的高大人影朝自己衝過來。

他還以為自己就要失去意識昏過去，但是並沒有。

腦海突然竄進許多畫面片段，一次只有短短的兩到三秒，數量很多，全都在同一時間塞進腦袋，讓他的頭痛到快炸掉。

「啊！嗯……」

杜軒跪在地上，緊緊抱著頭，指尖像是要插進腦袋般扣住自己。

混亂的片段讓人很難一一看清楚，但奇怪的是，即便只是閃過的畫面，他仍然能牢牢「記住」內容。

大量的水無預警襲來，瞬間淹沒杜軒及夏司宇。灰色汙水中如鐵絲般細長的怪物爪子，慢慢環繞住杜軒的身軀，把他拉入水底。

在這之前，似乎是有某種機器啟動，杜軒聽見了警報聲響，還有紅色的警示燈不斷在頭頂旋轉，水流就像是怪物一樣，猛烈且強勁，令人措手不及，他只能在黑暗以及缺氧的恐懼中，慢慢失去意識——

「杜軒！」

一聲呼喚，將杜軒拉回現實。

回過神來的他，這才發現自己滿頭大汗，無法控制地顫抖著，像是做了場惡夢。

杜軒抬起頭，無力地靠在夏司宇的懷裡，大口喘息。

剛才他似乎完全忘記要呼吸，連自己缺氧了都不知道，如果夏司宇沒叫他的話，恐怕就要因為過度恐慌而停止呼吸。

明明杜軒很清楚這是怎麼回事，但如此痛苦難受，還是頭一遭。

原本還以為自己的「預見」能力在這種遊戲空間完全沒有用處，沒想到竟然會在這個時間點恢復，而且和以往觸發能力時的感覺簡直差太多了。

他從來沒有因為這個特殊能力而如此痛苦過。

「你沒事吧？」夏司宇看著杜軒慘白的嘴唇，很是不安。

難道說是之前短暫缺氧後還沒完全康復？若是這樣的話就糟糕了。

杜軒沒有理會夏司宇的關心，而是不顧自己還十分想吐的狀態，緊緊抓住了他的手臂。

「媽的，要趕快離開這裡！」

夏司宇被那猙獰的表情嚇了一跳，他不懂好端端地，杜軒為什麼突然說這種話。

他的困惑很快就得到解答，因為在不遠處傳出爆炸聲響。

爆炸聽起來範圍不大，但整層樓還是因此而震動，搖晃了幾秒。

接著，位於天花板牆角附近的警報開始響起，光聽就能知道情況不妙。

「嘖！」杜軒顧不得自己的身體狀況還沒恢復，立刻拉著夏司宇狂奔。

夏司宇根本搞不清楚現在是什麼情況，直到他聽見大量水聲沖刷下來，由遠而近。

「該死！」

當兩人看到龐大水流沖過來的時候，已經太遲了。

他們站在水泥臺上，而水量是從水道湧進，雖說並沒有立刻影響到他們，但以水量的累積速度來看，用不到幾分鐘時間就能將他們淹沒。

這還不是最麻煩的。

當這裡的水位高度淹沒他們所在的位置後，原本那些躲在水道裡的「怪物」就會有更多可移動的空間，擴大攻擊範圍。

也就是說，他們不是被水淹沒，就是被怪物殺死，只有這兩條路。

夏司宇和杜軒兩人匆忙回到休息室，各自拿好自己的東西。

此時，外面的水位已經上升到腳踝高度。

「速度也太快了吧！」

杜軒邊抱怨邊穿好衣服，背起胸包。

雖說有休息室的門阻擋，水位上升的速度沒那麼快，但他還是拿棉被去堵住門縫，想減緩淹水的速度。

可是這樣一來，他們就等於是被困在休息室裡，無路可逃。

休息室內的警鈴聲大作，聽著這個聲音，再看著漸漸升高的水位，一種無力感頓時襲上心頭。

「媽的，該死！」杜軒咬牙切齒，「預見」的情況確實發生了，但根本沒有留給他反應的時間，這樣他就算能提前知道會發生什麼事，也沒有辦法阻止。

「杜軒。」

夏司宇喊他的名字，讓杜軒從迷茫中回過神，轉過頭看他。

他發現夏司宇不在旁邊，就像憑空消失般，不管怎麼找就是沒能找到人。

這傢伙還會消失術不成？剛才不是跟他一起進來的嗎？

「夏司宇！你跑去哪了！」

「這裡。」

夏司宇像隻倒掛的蝙蝠，從天花板上的通風口探出頭盯著他。

杜軒差點沒被他嚇死，他到底什麼時候爬上去的，連點聲音也沒有！

「來這裡。」

夏司宇伸手，把杜軒拉上去。

兩人溼答答地藏在天花板上的通風管，雖然沒有完全脫離危機，不過還是暫時保住了小命。

杜軒茫然道：「好端端的為什麼會突然爆炸？」

「誰知道，可能是這棟建築搞的鬼。」

「對吼，說起來這建築是活的……」

杜軒差點忘記這件事，可是他現在真的沒有心力去分心思考。

他努力回想剛才的「預見」內容，裡面一定有能夠脫離目前困境的線索。

好不容易終於恢復的能力，他得好好利用才行。

通風管內的溫度很低，兩旁壁面都結出冰霜，半溼的身體很難在裡面爬行。

照理來說，杜軒應該會因為過度寒冷而行動遲緩才對，但是並沒有。

是因為打火機的關係？這東西真的很有用。

「別跟丟，我可不想浪費時間回頭找你。」

杜軒嘟起嘴，不滿道：「我才沒那麼笨。」

底下的水流聲很大，而且水位升高的速度很快，通風管雖然看起來能承載的重量不大，而且壁面很薄，似乎隨時都有可能掉下去，但實際上比想像中還要牢固。

杜軒跟在夏司宇身後爬行，路過覆著網蓋的通風口時，發現水位已經上升到樓層一半的高度，因為暗潮洶湧，所以沒辦法判斷判斷水面下有沒有生物在移動。

但，他可以百分之百肯定，那些「怪物」肯定躲在裡面。

往前爬行一段距離後，夏司宇踹開盡頭處的網蓋，探出頭。

跟在後面的杜軒看不太清楚他們現在爬到哪了，忽然間，夏司宇竟然一聲不吭就直接跳進水裡，差點沒把他嚇死。

「喂，夏司宇！你在搞什麼鬼？」

「乖乖待在那別動。」夏司宇從水裡抬起頭，囑咐過後便迅速游走。

不得不說，這傢伙游泳的速度挺快的，一下子就看不見人影了。

水裡不是還有那隻怪物嗎？他膽子還真大，竟然敢就這樣跳下去。

……不，夏司宇說過這裡的怪物不會主動攻擊他，或許是因為這樣，他才會肆無忌憚地展開行動。

「啊，原來是通到這裡。」

杜軒探出頭，這才發現通風管的盡頭是已被淹沒的危險水道。

討厭的感覺讓他心情變得很糟糕，一想到怪物就藏身在這條地下水道中，他就沒辦法安心。

無奈之下，杜軒只能坐在末端的通風口等夏司宇回來，哪都去不了。

雖然夏司宇說過，幫助他只是因為多管閒事，但如果不是因為他，夏司宇根本就不會陷入現在的窘境。

坦白講他剛開始真的對夏司宇幫助他的理由沒有多大興趣，如今卻常常不由自主地思考這個問題。

明明看上去夏司宇很了解他的情況，他卻對夏司宇的事一點也不清楚。

不僅如此，還有他的「預見」能力突然恢復的理由……

在分心想這些事情的時候，杜軒聽見木板輕輕撞擊水泥牆的聲音。

低頭一看，發現夏司宇不知道從哪找來一張棧板，推到了通風口正下方。

「輕輕跳上來。」

「你該不會打算推著我游？」

「再廢話就不管你了。」

「嘖，什麼嘛，聊個天都不行。」

杜軒扶著通風口把腳伸下去，小心翼翼地踩上棧板。因為他夠輕，加上有夏司宇幫忙穩住，所以「上船」的過程很順利。

此時水位已經上升到超過樓層一半，要是再沒辦法找到出路，他們就會溺死在這裡……至少杜軒會溺死，夏司宇可能還可以再復活。

夏司宇推著他前進，但速度不是很快，而且光線昏暗，根本看不到他們在哪裡，不知道夏司宇究竟想往哪走。

杜軒沒有開口詢問，直到他發現熟悉的窟窿。

他們上方的天花板有個破洞，正是他們掉下來的那個地方——看樣子夏司宇是打算利用上升水位回到上層。

想不到這傢伙還挺聰明的！居然這麼快就能想到應對方式，還能順便找到離開這裡的方法！

「等位置夠高了你就先爬上去，應該做得到吧？」

「我雖然看起來瘦弱，但力氣還算大，不用擔心。」

杜軒蹲在棧板上面，做好準備。

然而，事情並不如他們預想的順利。

轟隆隆的聲響從前方傳來，而且速度很快，等看到的時候已經來不及反應。

大量的水流一口氣襲來，如同海中大浪，直接把棧板打翻。

杜軒摔下去，沉入水中，被沖開一段距離。

他看不見也聽不清楚周圍的情況，只感覺到全身刺痛和缺氧的感覺，痛苦到想死。

突然間，他的身體被某種硬梆梆的東西纏住，終於停止被水流沖走，但取而代之的，是緻扭般的緊縮感。

杜軒睜不開眼，但靠觸覺立刻就知道，那是怪物的爪子。

比起在水中能夠自由行動的怪物，他的行為受限，完全無法反抗。

不知到哪個會比較痛苦，被水嗆死還是被怪物掐死。

唔……夏、夏司宇……

只剩下痛苦的腦海，自然而然浮現出夏司宇的臉。

下一秒，他感覺到抓住自己的爪子突然鬆開，接著身體被人抱住，飛快往水面上游去。

「噗哈！咳咳咳！」

破水而出的杜軒大吸一口氣，劇烈咳嗽，像是要把肺咳出來般。

他沒辦法說話，只能用模糊的視線看向抱住自己的男人。

夏司宇——他果然來救他了。

「撐著點！」夏司宇的聲音清楚地迴盪在他耳邊，接著他看到水面濺起強烈的水花，速度極快地朝他們逼近。

夏司宇拉起杜軒的手一轉身，讓他趴在自己的背上。

「我沒空抱你，你自己抓好，鬆手的話我可不管。」

夏司宇沒有給杜軒準備的時間，忽然就帶著他潛入水中。

杜軒差點沒被水嗆到，還好他大口呼吸的時候先吸了口氣。

沉在水底的夏司宇，視線並沒有受到汙水干擾，到不如說新灌入的水因為比較清澈的關係，反而提高了水中的能見度。

雖然，這對夏司宇來講並沒有什麼差別。

他手裡反握軍刀，觀察水流的情況。

淺灰色的水裡，慢慢出現巨大的陰影，那是有著蛇一般的身軀、如同人類手掌的尖銳鐵爪，包覆在魚鱗下的肌膚，彷彿因長年泡在水底而腐爛、皺褶，甚至還露出骨骼。

半人半蛇——這是見到它會產生的第一個想法，就像是神話中才會出現的生物。

杜軒勉強睜開眼，才終於看清楚這隻怪物的姿態。

沒看還好，一看真的會嚇死。

夏司宇是打算硬剛這隻大到誇張的怪物嗎！

怪物在水裡的移動速度很快，而且相當靈活，圍繞在夏司宇和杜軒身邊。

它並沒有立刻展開攻擊，反而像是在觀察，似乎對夏司宇有些堤防。這樣做是對的，因為夏司宇已經解決掉兩隻它的同伴了。

夏司宇似乎也知道怪物的想法，不過，在水中的移動速度絕對比不過怪物，所以如果它不出手，他也沒辦法主動展開攻勢。

夏司宇等了段時間後，浮上水面，此時水位已經距離天花板僅剩約兩顆頭的距離。

腦後傳來杜軒的咳嗽聲，環在他脖子上的手，溫度特別低。

再繼續這樣泡在水裡，即便有打火機，杜軒也撐不了太久。

怪物仍在周圍伺機而動，夏司宇一邊小心留意它的行為，一邊靠近天花板上的窟窿。

「喂，還有力氣嗎？」

「……撐上去的力量還是有的。」

杜軒明白他的意思，立刻回答。

他的聲音有些顫抖，泡在水中體力消耗的速度會加快，更不用說這裡的溫度還很低，根本就是在折磨人。

夏司宇打算就這樣慢慢讓水位帶著他們上去，然而在最後關頭，他卻發現一個問題。

——水面下的影子數量正在增加。

當夏司宇意識到這件事的瞬間，周圍的水再次變得混濁不清。

但這次並不是因為汙水，而是那些虎視眈眈的怪物。

它們的影子多到塞滿整片水域，同時，也展開了反擊。

第六夜

逃生路（下）

怪物在水域裡行動自如，混濁的汙水也能讓它們更擅於隱藏蹤跡，加上人泡在水裡，反應、攻擊等能力都會受限，更不用說這裡的水位仍在持續上升中。

他們現在離頭頂的窟窿有一小段距離，但不遠，是能清楚看見的位置，只不過無法靠近。

如今他們就像是待在水裡等待死亡的獵物，主動權在怪物手中，而夏司宇只能想辦法閃避攻擊，同時不讓怪物對杜軒出手。

溫度越來越低，夏司宇給杜軒的打火機已經抵擋不住寒冷，從指尖開始滲入的麻痺感，讓他漸漸失去知覺。

他感覺不到夏司宇的肌膚觸感，也不能確定自己是不是還貼在他的背上，只能用雙眼來確認現在的情況。

非常糟糕，可以說是他踏入這個地獄空間以來所遇到的最大危機，這裡的怪物和陷阱，全都不是光靠他們這些「生者玩家」能夠應付的難題。

果然，在他被丟到「狩獵場」的那刻開始，就註定永遠離不開這個鬼地方了。

「杜軒，撐著點。」

夏司宇的聲音傳入意識模糊的杜軒耳中。

他僅靠著想活下去的意志力硬撐著，但也不知道能維持多久。

夏司宇感覺到環住自己的雙手力量越來越弱，忙於應對怪物群的他分身乏術。

虧他還誇下海口說要幫杜軒，結果還不是沒能派上用場！

他是死者，所以即便完全沒入水底也不會被淹死，頂多和這些怪物一起泡在水裡大眼瞪小眼，或是被沖刷到其他地方去，但杜軒不同。

在這裡停止呼吸心跳的話，杜軒就再也回不去了，而他的靈魂也會被這棟建築物吸收，成為這些怪物的同伴。

一想到這，夏司宇不由得咬牙切齒，顧不得這些怪物的襲擊，將掛在背後的杜軒強行抱入懷中。

他一手攬著杜軒，單手揮刀砍殺攻擊過來的怪物，用身體來保護杜軒，不讓怪物碰他一根手指。

反正身為死者的他即使受傷也能在短時間內復原，所以就算他在這裡少了手臂或一條腿，也好過讓杜軒受傷死亡。

心中不想讓杜軒死亡的意念，像氣球一樣膨脹，形成執著。

然而，本人卻對此絲毫沒有察覺。

「撐住，不要失去意識！」夏司宇咬牙，不斷跟杜軒說話。

「你要是睡著的話就真的再也醒不過來了！」

杜軒的眼皮很沉重，思緒也開始停擺。

他知道夏司宇說的話是對的，他也不想死，但身體不聽使喚。

那隻抱著夏司宇的細瘦手臂，終於垂下，再也不動。

夏司宇瞪大雙眼看著全身癱軟的杜軒，腦袋突然一片空白。

媽的！該死！

事情不應該變成這樣才對！

是因為他在狩獵場選擇幫助杜軒的關係嗎？是因為這樣，所以杜軒他才會——

「抓住這個！」

突然，頭頂傳來男人的嘶吼聲。

夏司宇抬起頭，接著看到有東西從窟窿掉出來。

當他意識到那是什麼東西的瞬間，立刻拋棄了手中的短刀，緊緊抓住。

是綁著鐵條的繩子，雖然不知道上面的人是誰，但是幫了大忙。

他將繩子捲在手臂上，單手努力往前拉近距離，同時也可以感覺到上面有人正在用力拽繩子，想要把他們拉上去。

先不論對方的身分，只要能擺脫現在的困境，就算是敵人也無所謂。

再怎麼說，都比待在這裡強。

水位很快就淹沒最後一絲空間，天花板下完全沒有半點能呼吸的地方，水中的怪物也更加肆虐。

它們對手無寸鐵的夏司宇進行攻擊，用那些銳利的鐵爪狠狠刮傷他的身體。

汙水被染紅，夏司宇的身體、衣服，都被這些怪物攻擊到體無完膚，但他始終沒有鬆開抱住杜軒的手。

天花板上的窟窿，因為水量過大而不斷溢出汙水，上面的人用力拉扯繩子，但是在能見度低的汙水中卻遲遲見不到兩人的身影。

幾秒鐘過去，他沒有放棄，心裡卻已經做出最糟糕的預想。

就在這瞬間，夏司宇帶著杜軒從水裡探出頭，差點沒把他嚇死。

「喂！來幫忙！」

夏司宇單手抓著繩子，沒辦法把杜軒推上去，於是把幫助他們的人叫過來。

當他終於看見那張受到驚嚇，露出慌張表情的臉時，嚇了一跳。

這傢伙不就是剛才被他拋下的梁宥時嗎！

還沒回過神，梁宥時就已經跑過來，手忙腳亂地協助他把杜軒拉上去。

在確認杜軒安然無恙後，夏司宇也立刻撐起身體，爬出窟窿。

「太、太好了，還來得……唔！你、你的身體……」

梁宥時前一秒還在慶幸自己幫上了忙，但回頭看見夏司宇的身體後，整張臉立刻發白，說不出話來。

夏司宇的身體有多處割傷，有些傷口甚至深能見骨，大量的鮮血從傷口流出來。以這出血量來講，普通人早就已經失血過多而昏厥，但夏司宇卻看起來從容不迫，彷佛沒有受到影響。

這也未免太奇怪了吧！

就算再怎麼健壯的身體，也不是鐵做的，這個人究竟是——

「喂，別發呆。」夏司宇大概知道梁宥時心裡在想什麼，可是他現在沒時間理睬。

他橫抱起癱軟無力的杜軒，轉頭對他說：「不想死的話就跟我來，水位還在上升，這裡很快就會被水灌滿。」

梁宥時聽見他說的話，這才驚醒過來，回頭看著大量冒出的汙水，以及那隻從窟窿裡慢慢伸出來的鐵爪。

他嚇得立刻後退，拉開距離，夏司宇則是面無表情地走過去，狠狠將鐵爪踹回水裡。

或許是因為他們的說話聲太大，走廊不遠處傳來劇烈的沉重步伐。

這是有人正在往這裡全力奔跑過來的聲音。

「嘖，一個接一個麻煩死了。」

夏司宇轉身往反方向奔跑，被丟下的梁宥時見狀，連忙追上去。

他不知道夏司宇打算怎麼做，又或者想要逃去哪，但如果不跟這兩個人待在一起的話，光靠他一個人根本不可能活下來。

夏司宇很熟悉這層樓的構造，拐彎的時機點、路上有什麼樣的障礙物，全都一清二楚，就算光線昏暗也完全不受到影響。

很快地，他們回到被水泥塊塞住的樓梯口。

然而這次阻擋在眼前的並不是水泥塊，而是無數顆冒著血絲的眼珠。

梁宥時被眼前的畫面嚇到，若是有密集恐懼症的人，絕對承受不了這情景。

看樣子，想從這裡突破出去是不可能的了——他是這樣想的，另一位卻不然。

夏司宇果斷抬起腿，狠狠地踩爆距離最近的眼球。

接著將像是在踩氣球般，一顆顆將所有眼珠踩破，動作俐落、毫不留情。

眼球的鮮血噴灑在他和杜軒身上，夏司宇卻不為所動，持續踩踏。

或許是全身沾滿鮮血、活像鬼神的夏司宇實在太過可怕，這些眼珠很快就縮回去，消失得不見蹤影。

夏司宇大喘一口氣，轉過頭看向梁宥時。

梁宥時嚇了一大跳，差點沒從地上跳起來。

滿臉鮮血的冷冰冰視線，遠比那些噁心的眼珠還要恐怖！

「鑽進去。」

「啊？什……」

梁宥時一開始還沒反應過來，直到看見樓梯口水泥塊間的縫隙，那裡正是他之前被杜軒拉出去的那個洞。

能讓他猶豫的時間並不多，後方追逐的沉重腳步聲越來越近。

梁宥時顧不得周圍全是血，手忙腳亂地從縫隙爬出去，即便雙手和衣服都沾滿鮮血，也好比被那些壯漢打死。

成功來到樓梯間之後，他看到夏司宇把杜軒從洞口推出來，立刻伸手接住。

在他將杜軒平安無事地拉到樓梯上的同時，聞聲而來的壯碩怪物們也已經衝到夏司宇身後。

梁宥時摟著杜軒，屏住呼吸盯著水泥塊洞口。

他看不見裡面發生什麼事，也沒聽到半點聲音，這讓他越來越感到不安。

那個人該不會——但事實與梁宥時想的完全不同。

夏司宇筆直地站在水泥縫隙前，背對洞口，正面迎上壯漢怪物。

壯漢用鼻口大力吐氣，氣息打在夏司宇的臉上，他卻不為所動，就這樣對峙幾秒鐘之後，壯漢怪物們一個個回頭，放棄追殺，各自從不同走廊離開。

夏司宇看著它們離開，直到完全隱入黑暗為止，才從水泥塊縫隙爬出去。

梁宥時起先還以為是怪物，嚇了一大跳，直到發現是夏司宇才鬆口氣。

不得不說，當你看到滿身血又面無表情的人低著頭從暗處爬出來的時候，真的會被嚇死。

「你、你沒事嗎?」

「沒事。」

夏司宇垂眼看著被梁宥時抱著的杜軒,輕嘆口氣,輕輕將人從梁宥時的懷裡抱起來,小心翼翼地護著他。

梁宥時有些困惑,總覺得夏司宇保護杜軒的態度,有些過分溫柔。

這兩個人難道是很熟的朋友?但怎麼看都覺得不太像。

夏司宇知道梁宥時腦袋裡在想些有的沒的,並不想理會。

他往樓梯看過去,發現原本通往地下水道的向下階梯,不知道什麼時候被水泥塊牢牢壓死,連點隙縫也沒有。

看樣子往下層的路已被截斷,而且照這封閉的情況來看,水只會繼續往上淹。

他開口向梁宥時說:「我們似乎只能繼續往上走了。」

「往、往上?但是……」梁宥時當然也有看到下方樓梯的模樣,知道水位會持續上升,只不過他想起護理師所在的詭異樓層,突然有些畏縮。

夏司宇冷冷看他一眼,並不打算等他做出決定,自顧自地踏上階梯。

「啊!等、等等,他沒事吧?是不是要先等他恢復意識再走比較好?」

夏司宇沒理會梁宥時,從口袋裡掏出一條像是護唇膏的東西,輕輕抹在杜軒的人中上,不出幾秒,原本昏迷的杜軒突然很有精神地睜開眼睛,大口喘氣。

「呼啊！咳咳咳、咳……」

過度吸氣的結果，就是被嗆到咳個不停。

他臉色鐵青地趴在夏司的胸前，而夏司宇什麼也沒說，就這樣抱著他走到最安全的辦公室樓層。

「你去找找看有沒有能換的乾淨衣服，現在他的體溫太低，要先讓身體暖和起來。」

「知、知道了！我去找！」

梁宥時手忙腳亂地拿出手電筒，開始搜刮辦公室的櫃子。

夏司宇讓杜軒在長型辦公桌上坐下來，低頭仰望他的臉，確定他的情況。

雖然還是冷到發抖，意識也還沒完全恢復，但看起來沒有問題。

他把杜軒溼透的衣服脫下來，將收在口袋裡的打火機放在杜軒手掌心裡。

沒過多久，梁宥時帶著毛巾和乾淨的衣服匆匆跑回來。

「你還真會找東西。」

「我在職員置物櫃裡找到的，看上去還算乾淨。」

夏司宇用毛巾把杜軒的身體擦乾，接著替他穿上衣服。

總覺得有點奇怪，這些東西像是早就準備好的一樣，甚至連內褲都有。

杜軒迷迷糊糊地任由夏司宇把自己當成洋娃娃，呼吸比剛才平順許多，似乎沒有什麼太大的問題了。

或許是身體乾燥加上打火機出現效果，體溫升高後，杜軒的意識漸漸恢復。

「……夏司宇？」

聽到杜軒喊自己的名字，夏司宇立刻抬起頭。

杜軒的眼神還有些迷茫，卻對他露出笑容。

這瞬間，夏司宇覺得自己的心情好到不行，不過，他並沒有表現在臉上。

「能走嗎？」

杜軒愣了幾秒，試著撐起身體從桌子上跳下來，可是他的雙腳才剛落地，就無力地癱軟下去。

夏司宇見狀，立刻攬住他的腰，沒讓他摔倒。

「看樣子是不行。」

他嘆口氣，滿腹無奈。

「抱歉。」杜軒抓著他的手臂，充滿歉意。

看樣子他又給夏司宇添麻煩了，他完全想不起來自己是怎麼來到這裡的。

夏司宇沒說什麼，只是把杜軒重新放回辦公桌上，讓他稍微休息。

被完全晾在一旁當成空氣的梁宥時，總覺得有些尷尬。

杜軒慢半拍地發現梁宥時的身影，但眼神迷茫的他並沒有什麼反應。

他咬牙揉著腦袋，試圖讓自己恢復清醒，卻被夏司宇阻止了。

「別這麼用力，水還有段時間才會淹上來，你可以稍微休息一下。」

「說那什麼蠢話，這種情況我最好還能安心休息。」

杜軒稍微恢復了一點體力，終於可以開口抱怨。同時，他也聽出夏司宇話中的怪異處。

「你說水會淹上來是什麼意思？」

「被拒馬封住的那層樓以下的階梯都被水泥塊堵死了，而淹沒地下水道的水量並沒有減少或停止，水位還在持續上升，花不了多少時間就會淹上來。」

「下面的樓層都被……該死，又是這棟建築物在暗中搞鬼？」

「很顯然是這樣沒錯。」

「啊啊，煩死人了。」

他在失去意識前，最後記得的是自己趴在夏司宇背上，被冰冷的汙水凍得無法思考。雖說他在夏司宇戰鬥時，用盡全力屏住呼吸，試圖保持清醒，很可惜的是，他並不如自己想的那樣有耐力。

「我昏過去多久了？」

「幾分鐘吧。」

夏司宇雖然不太願意，但還是把梁宥時幫助他們的事情告訴杜軒。

習慣單獨行動的他，不喜歡接受別人的幫助，不過這次，他承認梁宥時出現得很及時。

杜軒搔搔腦袋，這棟建築很安靜，安靜到能聽得見樓下傳來的水聲。

「看樣子光是離開地下水道那層樓，並不算真正的逃離。那些水不知道是從哪灌進來的，照理來說應該不可能有這麼多的水才對。」

夏司宇聳肩，「誰知道。」

杜軒苦笑，接著轉頭對梁宥時說：「看來又只剩我們三個人了。」

「意、意思是，底下那些人都……」

「啊啊，我想應該是隔段時間就會傳送新的人到這裡來，但那些怪物實在太強，所以通常新來的人都到不了這層樓。」

這個解釋，足夠證明為什麼之前夏司宇找遍整棟建築，都沒見到半個生者。

另外，還有件事讓他困惑。

那就是他醒過來的那層樓，明顯和其他生者的位置不同。

似乎就只有他是從最下層醒過來的，其他人則是在有壯漢怪物的那層醒來。

這又是為什麼？

「我背你繼續往上走吧，好不容易才把你弄乾，不能再讓你泡在水裡了。」

夏司宇蹲下來，將背靠近杜軒。

杜軒點點頭，二話不說接受夏司宇的幫助。

梁宥時拿著手電筒在前面照路，回到樓梯間的時候，他們發現水已經淹沒了下方的半層階梯。

這速度確實快到有點奇怪。

但如果說這棟建築真想把他們淹死，很有可能會像堵住下層樓梯口那樣，把其他地方也堵住，減少空間體積，加快水位的上升速度。

杜軒很不願意往負面方向思考，但實際情況逼得他不得不坦然面對這個事實。

「照這情況來看，我們只能把希望放在那張投影片上了。」

「是啊。」夏司宇有氣無力地回答。

沒有備案，沒有後路，他們只能硬著頭皮往前走。

如果那張投影片裡沒有任何可用的線索，那麼，死亡將會帶走杜軒。

三人回到護理師所在的樓層，一踏出樓梯間，就能感覺到冷冰冰的氣息，像是來到大型的冷藏庫。

甚至，比他們之前上來的時候還要冷上許多。

一瞬間，杜軒還以為他們又回到地下水道那層，因為這兩層樓的低溫實在太相似。不過在見到那名迎接他們的熟悉臉龐後，杜軒立刻就拋棄了這個想法。

「歡迎三位。」護理師笑意盈盈地迎接他們，但三人的臉色難看，與對方的溫和天差地遠。

「請問三位今天是來做什麼樣的療程？我們這裡有水療、電療，還有壓力測試和一對一心理諮詢。」

護理師重覆聽過多次的臺詞，理所當然，他們一點興趣也沒有。

夏司宇大步越過，連看也不看護理師一眼，梁宥時怕被扔下，急急忙忙黏在他身後。

護理師完全沒有反應，就像是機器人般令人毛骨悚然。

當梁宥時膽怯地回過頭時，卻發現護理師已經消失不見，連離開的腳步聲都沒聽到，他頓時嚇得冷汗直冒。

「他他他、他不見了！」

「不用在意。」夏司宇冷冷地說，「來幫忙找視聽教室。」

「啊？找那個幹嘛？」梁宥時還是第一次上來，所以根本不知道這裡有視聽教室。

面對他的問題，夏司宇再次投以冷漠目光，嚇得梁宥時不敢再多嘴，乖乖幫忙找。

與之前不同，這裡並沒有轉變成氣氛恐怖、沾滿鮮血的漆黑版本，而是維持為本光鮮亮麗、高檔裝潢的感覺，除了溫度過低之外，沒有任何改變。

「把我放下來，我也來幫忙。」

「現在的你只要乖乖待著就是幫大忙了。」

「別把我當病人對待，我只是昏過去一下子而已。」

杜軒不想老讓別人來做事，自己卻只能當作累贅，硬是在夏司宇的背上掙扎。

雖然以他那弱弱的體能根本無法掙脫，但看在他這麼堅持的態度上，夏司宇嘆口氣後還是把人放在地上。

「別離我太遠，在我的視線範圍內行動，一有什麼不對勁就立刻喊我。」

「知道知道，你真的越來越囉嗦了。」

夏司宇看著杜軒扶著牆壁走，雙腿不斷顫抖，像是剛誕生的小鹿。

說真的，畫面有夠好笑，但夏司宇笑不出來。

「之前是你找到視聽教室的，你還記得在哪？」

「那時太暗，我到處亂走，根本就不記得。」杜軒扁嘴回答，「而且以這棟建築的賊性，肯定會換位置。」

「說得也是，那就腳踏實地一間間找。」

「……你不覺得有點奇怪？既然建築物想殺我，為什麼這裡遲遲沒有任何變化？之前遇到的那些手臂也沒出現。」

「天曉得，有空想這些，還不如趕快找。」

夏司宇是真的很想認真找，但看到杜軒的模樣，他根本沒辦法專心，只能把所有精神集中在杜軒身上。

不知道是他們運氣好，還是梁宥時特別會找東西，沒多久就聽見他在前面的房門口大喊：「我找到了！這裡這裡！」

幾乎在同一時間，樓梯口再次降下鐵柵欄，同時發出比之前還要閃耀的電光。情況不妙。

杜軒嚥下口水，低頭看著地板慢慢由亮轉暗，像是被墨汁汙染的淨水，慢慢地從他腳底暈開。

暈開的速度很快，一眨眼，眼前乾淨明亮的空間便重新被黑暗籠罩。

閃爍的日光燈、沾滿鮮血的地板，冷到讓人起雞皮疙瘩的溫度，以及——揚起嘴角站在他面前的「護理師」。

杜軒不由自主地冒出冷汗，往後挪動步伐，撞進夏司宇懷裡。

這時他才想起，夏司宇還在自己身後。

他抬起頭，看著夏司宇眉頭緊蹙的不滿表情，頓了半秒。

對阿，還有夏司宇在呢，他怕什麼。

冷靜下來，冷靜下來，現在他要做的就是冷靜。

杜軒大大地吸氣，慢慢吐出，重新觀察周圍。

電門、上升的水面、眼前的詭異護理師，以及那些令人恐懼的怪物，讓他想起護理師剛剛對他們說過的歡迎臺詞。

水療、電療、壓力測試以及一對一諮詢——這不就是在說明這整棟建築發生的詭異情況嗎！

看樣子他們早在不知不覺中，開始進行了這個什麼鬼治療。

「哈、哈哈，還真誇張。」

「現在不是笑的時候。」夏司宇慢慢拿起旁邊的衣帽架，握在手裡當作武器，「我下指示後，立刻往梁宥時那邊跑。」

杜軒點點頭。

護理師的身體慢慢拉長，整個人幾乎快要碰到天花板，從他的身後慢慢伸出黑色手臂，像是張牙舞爪的觸手。

護理師沒有動靜，先行動的，是這些手臂。

「跑！」

手臂全數撲來，夏司宇立刻衝上去，將衣帽架當成球棒，揮開這些具有攻擊性的手臂。而杜軒則是照他的話，轉身跑進梁宥時打開的房間門。

房間內乾淨整潔，和外面像是兩個世界，更重要的是，他們要找的投影機就在眼前。

就像是早就預料到他們會出現一樣，投影機已經通上電，光線打向的前方正好就是白色布幕，而杜軒要做的，就只有一件事。

將那張投影片放上去。

梁宥時不知所措地站在旁邊，他完全是聽兩人的指示行動，根本不知道現在要幹嘛。

杜軒聽見走廊傳來匡啷聲響，冒著冷汗從包包裡拿出投影片，可是還來不及接近投影機，他的腿就被狠狠拉住，立刻身形不穩地摔倒在地。

碰一聲，臉正面著地，痛到他說不出話。

回頭看著那隻抓住自己腳踝的黑色手臂，以及抓住門板，一條條伸進來的大量手臂群，杜軒的心涼了一大半。

夏司宇呢？他在哪裡？

「杜軒！沒事吧？」

梁宥時衝過來想幫忙，在他的呼喚下，杜軒回過神，立刻出聲大喊：「別過來！」

梁宥時下意識停止前進的步伐，眼睜睜看著杜軒被往後拖，看樣子手臂是想把他拖出房間。

杜軒咬牙，把投影片塞進胸包之後，脫下來扔給梁宥時。

梁宥時慌忙接住，一臉擔憂。

接著他聽見杜軒朝他大喊：「把投影片放上去！快！」

「知、知道了！」

梁宥時急忙把投影片拿出來，雖然有點折到，但是沒有受損。

眼看手臂數量越來越多，杜軒也被越拖越遠，梁宥時緊張地按照指示，把投影片放上投影機。

白色布幕上立刻打出一扇黑色的門，樣式普通，就像是百貨公司的自動門。

僅僅只是這樣。

梁宥時傻眼，杜軒更是想罵髒話。

媽的！搞什麼！

該不會是他和夏司宇判斷錯誤了吧！

這張投影片根本不是什麼好東西，對現況完全沒有任何幫助！

杜軒當場罵出髒話，他現在真的有種想殺人的衝動。

結果，一道清楚的「叮咚」聲，從布幕方向傳出來。

應該只是張圖的自動門，緩緩地打開。

門內沒有任何東西，不知道是什麼原因觸動它，但，再怎麼說這都只是張投影圖，不可能像動畫那樣自動撥放。

杜軒看著那扇門，心裡浮現出不祥的感覺，還沒搞懂這是怎麼回事，眼角餘光就看到梁宥時兩眼發直，像是失去神智，張著嘴巴直勾勾看著那扇門。

「喂！梁宥時，喂！」

杜軒看著梁宥時走向布幕中的門，掙扎著想要衝過去把人拉住，但纏繞在他身上的手臂越來越多，而他也被越拖越遠。

最後，就只能眼睜睜看著梁宥時走進那扇門，消失不見。

杜軒傻眼了，說不出半句話。

一隻黑色手掌從頭頂揮下來，壓在他的臉上。

從指縫中，杜軒看到那扇門開始閃爍，意識到投影機即將失去電力。

腦袋裡閃過「死定了」三個字，接著他的視線被越來越多手掌遮住，直到徹底失去視線。

這次，是真的結束了。

「媽的！杜軒！」

怒吼聲從被遮掩的視野外傳來，接著杜軒感覺到手被人拉住，從黑暗中用力拽出來。

他的身上還殘留著黑色手掌的殘影，眼前再次出現夏司宇的臉。

杜軒張大雙眸，驚訝地說：「夏……夏司……」

話還沒說完，他又被夏司宇一把抱起，感覺到自己被那雙強而有力的手臂環繞住，杜軒不得不承認，這讓他充滿了安全感。

夏司宇單手將衣帽架插入緊拽著杜軒小腿不放的手臂，手臂煙消雲散，其他隻卻源源不絕地從四面八方襲來。

他揮動衣帽架，即便是非慣用手，揮出去的力道仍強勁，一下子就阻擋手臂的進攻。

但，危險的並不只有它們。

夏司宇抬起頭，看著高大細長、只剩下笑容的護理師從門口走進來，腳步雖然緩慢，卻給人強大的壓迫感。

他轉頭看著燈光越來越暗的布幕，不悅地咂舌。

「抓緊我。」

「什……」

杜軒不知道他想幹嘛，直到看見夏司宇轉身奔向白色布幕上的門。

還來不及開口，夏司宇就帶著他一起衝進那扇自動門裡，下一秒，投影機「啪」的一聲斷電，讓緊追在後的手臂們撲了個空。

微笑著的高大護理師，慢慢恢復原本的身型，就連圍繞在身旁的手臂也都慢慢融入影子，消失不見。

他連看也沒看投影機一眼，就這樣默默轉身離開，彷彿什麼事也不曾發生過。

而那張原本放在投影機上的投影片，也不知道在什麼時候無聲無息地消失不見。

第七夜

精神病院（上）

耳邊傳來吵雜的人聲，雖蓋著眼皮，卻仍能感受到面前的光亮。

昏昏沉沉的腦袋慢慢恢復清醒後，隨之而來的是撕裂般的痛楚，令杜軒再也忍受不住，強行睜開眼睛。

剛開始的幾秒鐘，視線模糊不清，但還是能隱約看到雪白的天花板。

肌膚能感受到空調的溫度，很自然就認為自己是待在冷氣房，與之前那種刺骨的寒冷完全不同。

儀器的滴答聲、陌生人在周圍低聲討論的聲音，還有種像是消毒水的氣味，讓杜軒的意識漸漸從恍惚走向清醒。

不對！這是哪裡？

他怎麼會在這！

驟然瞪大雙目，杜軒慌張地從病床上坐起身。

不知道是不是因為他的行為太過慌張，引人側目，感覺自己正被很多雙眼睛盯著看。腦袋還在刺痛著，就像是有人拿刀往裡面插，可現在的他根本顧不了這麼多。

杜軒轉頭來回張望四周，確認自己的位置。

看上去這裡像是某間醫院的急診室，他正躺在其中一張病床上，左右兩邊都有布簾將病床隔開。

急診室人很多，也因為位在一樓、離出入口較近的關係，時常有人進進出出，完全無法讓病人好好休息。

「什麼鬼……」

杜軒皺緊眉頭，不明白自己怎麼會在這。

他記得剛剛明明就還跟夏司宇——

「夏司宇！」

回想起失去意識前一刻的畫面，杜軒立刻想跳下病床，但他的肩膀卻很快被人抓住，用力壓著，不讓他隨意行動。

杜軒抬起頭，對上的是帶著擔憂的目光，以及熟悉的臉。

「店、店長？」他張大嘴，驚訝地喊：「你怎麼會在這！」

「冷靜點，杜軒。」還穿著工作制服的男人苦笑道，「看你這麼有精神，我就安心了，你還記得自己發生了什麼事嗎？」

「呃，發生……什麼……」

杜軒將掌心貼在額頭上，下意識低頭。

當他發現自己身上穿著咖啡店制服的瞬間，心裡只剩慌張。

「什麼?為什麼我會……」

「你在走廊昏倒了，是俊承發現你的。」

店長口中的「俊承」，是那天和他一起值班的同事，也是叫他去倉庫盤點的人。

杜軒反應過來，這是他到狩獵場前發生的事，也就是說，他在穿越那扇自動門之後，成功離開那該死的遊戲空間，回到現實生活了嗎？

那梁宥時呢？是不是也順利逃出來了？還有夏司宇……他，沒事嗎？

一堆問題盤旋在腦袋裡，這是杜軒從未有過的陌生感覺。

以往從遊戲裡順利逃脫出來之後，他根本不會去在意這些事，但或許是因為這次待得太久，和其他人交流得太深，於是產生了「不安」。

「喂，杜軒，你真的沒事嗎？」店長邊說邊伸手撫摸他的額頭，測量體溫，「是不是還不舒服？我叫護理師過來幫你檢查看看？」

「……不，我沒事。抱歉還讓你來幫忙，店長。」

「說那什麼話，你不久前才出車禍，現在又無緣無故在店裡昏倒，能不讓人擔心？」

店長雙手插腰，像是長輩一樣碎碎念，但實際上這個人跟他只差兩歲。

杜軒很無奈，但也充滿感謝，店長從以前就對他很好，他爽朗、愛照顧人的個性，不只深受其他店員喜歡，甚至還有可愛的女顧客直接在上班時間向他告白。

「還是再做個檢查之類的，至少照個CT，確認你的腦袋瓜沒事。」

「我沒事，真的。」

「既然你都這樣說了，我就不勉強你。」店長嘆口氣，接著說：「你今天就回家好好休息，我已經幫你把明天的班表排給其他人了，好好在家待著，別亂跑。」

「哈哈，謝謝店長。」

「我去櫃檯幫你繳費，再送你回家。」

「欸！店、店長，等等，不用這麼麻煩！」

杜軒知道店長很照顧人，但這樣下去真的會太麻煩他，嚇得趕緊從病床下來，手忙腳亂穿好鞋子，跟在店長身後。

店長笑盈盈地說：「沒事沒事，你慢慢來。」

「怎麼會沒事，店長，我自己可以的。」

「你不是一個人住嗎？這種時候沒家人可以幫忙，就安心依賴別人吧。」

店長拍拍杜軒的肩膀，獨自走向櫃臺，留他一個人站在急診室裡。

杜軒搔搔頭髮，坐回病床上，兩眼直勾勾地盯著地面發呆。

他真的回來了？老實說沒什麼實感，在那種情況下和夏司宇分開，真的讓人心情好不起來。

這還是他第一次這麼想回去遊戲空間，再怎麼樣也要確定夏司宇的安危。不過夏司宇說過，那棟建築不會對他出手，所以他……應該沒事吧？

杜軒抬起頭，看著正在排隊的店長，再看看旁邊，無聊地輕輕晃動雙腿。

就在他開始放空的時候，突然發現有雙腿出現在身旁。

「打擾了，請問是杜軒先生嗎？」
「啊，是的。」
和他打招呼的，是一名帶著眼鏡、看上去很親切的白袍醫師。
醫師的雙手插在口袋裡，態度很悠哉，和這裡忙碌的景象十分不搭。
「我是你的主治醫師，我聽護理師通知說你醒了，就過來看看狀況。」
醫師邊說邊拿出小手電筒，杜軒也不疑有他，仰起頭讓他做檢查。
先是被手電筒照射瞳孔，接著看著醫師的手指在眼前左右移動，最後再被按壓太陽穴，檢查得很自然普通，沒有什麼異樣。
「可以的話我是希望你能做個ＣＴ再離開，畢竟不久前出過車禍，還突然昏倒，怕是腦袋裡有血塊之類的東西。」
杜軒聽見醫師的建議，尷尬地摳摳臉頰。
雖說他才剛拒絕店長，但老實說，他也覺得做個檢查比較好。
他可不想再因為生命危機而踏入那個糟糕到極點的地獄。
「好吧，我做。」杜軒點頭，「那我去跟朋友說一聲……」
「我去吧。」醫師拍拍杜軒的肩膀，不讓他起身，「你再睡一下，我去通知ＣＴ那邊先做好準備，再請護理師帶你上去。」
杜軒看著醫師走向店長的方向，兩人攀談起來，他也就乖乖躺回床上休息。

身體還是有種疲倦感，使不上力，不知道是不是因為沒有充分休息過的關係。可是，他很怕閉上眼睛後，自己又會回到那個地方，繼續進行那永無止境的可怕遊戲。

好累，真的好累。

想就繼續這樣躺著，什麼都不想管——

腦袋突然斷片，連杜軒自己都沒發現他又睡著了。

醒過來以後，他發現周圍比之前安靜許多，沒有那麼嘈雜。

杜軒揉揉眼睛，從病床上爬起來。

總覺得還沒睡夠本，但已經有短暫地補充過精神，所以還算不錯。

他扭扭肩膀、伸展筋骨，確認自己的身體狀況已經好轉。

當他環顧周圍的時候，發現這裡並不是原本的急診室，而是個人病房。

杜軒覺得奇怪，這種病房不但價格高，而且不見得這麼快就有空床。重點是，看上去這裡就像是飯店的小套房，肯定貴得要死。

有那麼一瞬間，他懷疑是不是店長安排的，但很快就拋下這個念頭，不可能的，據他所知，店長並不是什麼有錢人或是富二代。

那麼，是誰……

「你睡醒了嗎？杜軒先生。」

突然有人開口說話，差點沒把杜軒嚇死。

他盯著門口，這才發現之前那明白袍醫師正走進門來。

「那個，請問……這是怎麼回事？我應該沒有申請住院吧。」

「啊，是我安排的。」

「欸？」

「急診室的環境沒辦法好好休息對吧？所以我暫時把你轉到這間病房，是不是比急診那邊好睡多了？」

「呃、是沒錯，但為什麼……」

「如果你是擔心住院費的話，大可放心，這裡是讓準備拍CT的病人暫時休息的私人病房，和醫院的其他病房不同。」

醫師坦然地回答杜軒的疑問，但這並沒有降低他心中的違和感。

「正常」來講，拍CT的病人根本不需要特地轉移到其他病房，更何況他還是從急診室就診的病人，受到這種待遇有點過頭了。

杜軒抓緊蓋在身上的棉被，掀開後下了床。

「不好意思，我想先回家了，可以改天再照CT嗎？」

「可以是可以，但我好不容易替杜軒先生預約好，希望你能再多留點時間給我。」

「抱歉，我還有事，真的得先離開了。」

「……如果杜軒先生你如此堅持的話。」

意外的是，這名醫師並沒有拒絕杜軒的要求。

杜軒拿起掛在病床邊的外套，穿上後與醫師擦肩而過，匆忙離開。

醫師只是雙手插在口袋裡，站在病房門口，注視著杜軒的背影漸漸走遠。

反光的眼鏡鏡片下，看不清楚此刻他是用什麼眼神在盯著杜軒，可以確定的是，整條走廊的氣氛降至冰點，令人喘不過氣。

杜軒並沒有察覺到，他現在滿腦子只想著要離開這裡。

直覺告訴他，繼續待下去不安全，而且他也不喜歡這種什麼都不知道的感覺。

他站在電梯前心急如焚地等待，在電梯門好不容易打開後，立刻鑽進去。

看著電梯門慢慢關起，杜軒終於開始產生安全感，只可惜連一秒都還不到，這份安全感便煙消雲散。

一隻手在電梯門關閉前伸進來，強行將它推開。

那隻手傷痕累累，電梯門被他手上的鮮血染紅，慢慢地往下流。

杜軒臉色鐵青，慢慢打開的電梯門外，低著頭喘息的高大身影映入眼簾。

「呼、呼……呼……」

原本明亮的走廊，不知道為何變成漆黑一片，而這名穿著黑衣的男人，彷彿沒入了黑暗之中，身影模糊。

杜軒根本不知道這個人是誰，直到窗外突然閃過一道雷光，清楚映照出那張臉。

他瞪大雙目，不敢置信。

「怎、怎麼回事？」杜軒緩緩伸出手，接住癱軟倒入電梯內的男人。

靠著電梯內的燈光，他更加確定這個人的身分。

「夏司宇！你為什麼會在這？」

身為死者的夏司宇，居然出現在生者的現實世界。

這種事有可能嗎？

可惜，留給杜軒思考的時間太少，電梯突然開始下降，又在震動後停止。

抬頭看著頂端閃爍的燈光，以及熄滅的樓層顯示器，他不禁在心裡罵髒話。

媽的，看來事情果然沒他想的那樣簡單！

電梯似乎是卡住了。

它沒有繼續往下滑，但也沒有啟動，像是失去了動力。

慶幸的是，電力還在，電梯內的空調系統沒有關閉，燈光也沒有熄滅，就只有顯示樓層的營幕黑掉而已，除此之外一切正常。

杜軒在確定暫時沒有安全疑慮後，才低頭看著倒臥在懷中的夏司宇。

夏司宇傷痕累累，仔細一看，他的兩條手臂上都有像是刀割過的痕跡，傷口觸目驚心，深可見骨，換作是普通人早就失血過多而死了。

他的出現讓杜軒感到混亂，越來越不懂現在究竟是怎麼一回事。

「喂，夏司宇？」

夏司宇靠在他的懷裡喘息，眉頭緊蹙，神智看上去有些混亂，雖然兩隻眼睛是睜開的，卻無法對焦，像是失去了靈魂。

他剛才牢牢抓著電梯門看著他的時候，還能看出他意識清楚，沒想到短短幾秒就變成這樣。

「醒醒，該死的，給我清醒點！」

杜軒狠狠拍打夏司宇的臉頰，直到把它打紅，夏司宇才似乎稍微拉回一點神智。

「呼……呼……杜……」

他連杜軒的名字都喊不出來，聲音沙啞，像是有什麼東西卡在喉嚨。

杜軒有千言萬語想問清楚，但是以現在的情況來看，應該是沒辦法獲得解答。

「搞什麼鬼，現在這裡到底是現實……還是說我還被困在那個鬼地方……」

杜軒抓著頭，視線往下。

他仍穿著咖啡廳的制服，而且之前也遇到了店長，確實和他下班前進倉庫盤點的時間吻合。然而夏司宇的出現，卻打亂他所有的想法。

夏司宇說過，死者無法離開那個地獄空間，雖然他現在有點神智不清，但感覺得出來，之前夏司宇是拚了命地在找自己。

杜軒嚥下口水，即便不願這麼想，但其實在見到夏司宇的那瞬間，心裡已經有了答案。

電梯發出金屬摩擦的聲響，聽上去，似乎是卡住電梯的滑輪正在慢慢鬆脫，他可以感覺到電梯正在慢慢下降。

這可不是什麼好現象。

「夏司宇！你別裝死，快點給我醒來！」杜軒更用力拍打他的臉頰，「你要是再不醒過來，老子就要跟你殉情了啦！」

不知道是他說的話讓夏司宇不爽，或者是因為臉頰痛到不行，夏司宇還真的邊顫抖邊撐起虛弱的身體，臉色鐵青地抬起頭，和他四目相交。

杜軒和他對上眼，畏懼地抖了一下肩膀。

因為夏司宇此刻的眼神凶神惡煞，像是要把他碎屍萬段。

「……閉嘴。」

「是。」

杜軒乖乖抿緊雙唇，不再說半個字。

夏司宇滿頭大汗，狀態還是很不好，可是他強硬地撐住，不願屈服。

他大口喘息，起身轉向電梯門。

下垂的兩條手臂，可以清楚看到鮮血慢慢流下來，他緊抓住電梯門，拿出吃奶的力氣強行將它打開。

夏司宇的傷口似乎又裂開了，血流得比剛才還多，本人卻完全不在乎。

電梯現在正好卡在兩層樓之間，不過下層的空隙稍微大一些，可以讓成年男人輕鬆鑽出去。

夏司宇用力拉住杜軒的手，把他的身體往下壓，雖然沒講清楚，但杜軒知道他的意思，乖乖鑽出去。

杜軒剛兩腳踏地站穩，接著就聽見夏司宇從他身後摔下來的聲音。

他嚇一大跳，急忙轉過身，看著面朝下一動也不動的夏司宇。

呃……死了？

不，這傢伙本來就是死者，已經死掉的人不可能再死一次。

然而就在他蹲下來將夏司宇的手臂跨過後頸，慢慢把人撐起來的下一秒，眼前的電梯突然急速往下墜落，差點沒把他嚇死。

電梯井底部傳來巨響，接著揚起灰色塵霧，只差沒爆炸。

不用想也知道這臺電梯的下場是如何，此時杜軒只慶幸自己即時把夏司宇叫醒，讓他拉開電梯門，否則他們現在都會沒命。

「你不是說死者的恢復力很好？受點傷無所謂？」杜軒邊抱怨邊抓住夏司宇的腰，步履沉重地往旁邊的病房移動，「該死，重得要命……」

杜軒用腳踹開門，千辛萬苦地把夏司宇扛到病床上，自己也累得半死，就這樣和他一起躺在床上喘氣。

夏司宇動也不動，但兩隻眼睛是睜開的，就這樣直勾勾盯著他看。

杜軒覺得頭皮發麻，急忙起身，從旁邊的架子裡找出繃帶和碘酒。

雖說不知道這點治療對死者有沒有用，不過現在也只能試試看，至少不能讓他再繼續流血。

簡單處理過傷口後，杜軒把兩條手臂纏得緊緊的，但夏司宇的情況並沒有好轉。

無可奈何之下，杜軒只能先讓他躺在病床上，再來思考下一步該怎麼做。

看著自己雙手沾滿夏司宇的鮮血，杜軒原本還處於混亂的思緒，慢慢變得清楚。

他走進病房內的獨立衛浴，雙手撐在洗手臺邊緣，與鏡中的自己面對面。

現在整理一下，他，是怎麼離開那棟建築物的？

記憶很模糊，但並不是完全沒印象，他還記得梁宥時看著白色布幕上的自動門時，表情有多麼奇怪。

在那之後他被手臂扯住腿，一直往門外拖，然後就是──

杜軒走出去，回到夏司宇的病床旁，直勾勾看著躺在床上的那張臉。

他想起來了，是夏司宇拚了命衝過來抱住他，穿過那扇自動門。

找回記憶對杜軒來說充滿了安心感，但與此同時帶來的是更多的困惑。

如果說那扇門是「出口」，那麼他應該已經回到現實世界了，而實際上他醒來後看到的情況，也確實與事實銜接，直到夏司宇出現，他才開始產生「懷疑」。

他轉頭盯著病房外的漆黑走廊，明明在搭電梯前，外面的天色還很明亮，而且走廊的燈光也很充足，可是卻不知不覺轉變成無燈的夜晚，還夾帶著閃電。

腦袋裡才剛想到這件事，突然，窗外又傳來一陣雷響，接著就是大雨聲。

醫院外面開始下起滂沱大雨，雲層裡不時有白色雷光閃爍，天氣就像他的內心一樣，糟糕到極點。

杜軒雖然不想承認，但與其選擇自己的記憶，他寧可選擇相信夏司宇。

很顯然，他還在這該死的地獄裡，根本就沒有逃出去。

「該死，真的會被搞到瘋掉。」

杜軒頭痛萬分，卻又不得不承認，眼前的情況不是很樂觀。

故意讓他產生錯覺、讓他放鬆戒備，目的究竟是什麼？

「唔嗯……」床上傳來呢喃聲，夏司宇皺緊眉頭。

杜軒立刻跑過去，「夏司宇？你醒了？」

「……醒了，別吵。」

聽到他能順利說話，杜軒稍微鬆口氣，把剛才從小冰箱裡找到的礦泉水遞給他。

夏司宇大口灌下，像是很久沒有喝過水一樣，喝得很猛，沒兩三下就把一瓶水灌完。

他單手捏爛瓶子，氣得牙癢，像是有什麼深仇大恨。

夏司宇看了他一眼，只說了：「你穿這身衣服還挺新鮮的，完全不適合你。」

「喔是嗎，早知道就把你扔在地上等死。」

果然這傢伙開口就沒半句好話。

「……我們果然沒逃出去，對吧？」安靜幾秒後，杜軒吐出這句話。

夏司宇抬起頭，冷冷掃視他的表情，點點頭。

「沒有。」

「到底發生了什麼事？我跟你分開前，你可沒傷得這麼重。」

「那扇門……確實是『出口』，但所有空間的『出口』都只有生者才能穿過，所以我當時並沒有離開那個地方，而是被轉移回到之前跟你提過的天橋。」

夏司宇緩緩說出這段時間發生的事。

他那時只想著要讓杜軒活著離開，所以才會強行抱著他跳進門中，畢竟他是死者，這個異空間的怪物不會主動傷害他，比起杜軒，他留在這裡更安全。

然而，他發現自己錯了。

穿過自動門之後，他回到最初來到的地點——那座被迷霧包圍、完全看不出是位於幾層樓的天橋，不過這次天橋的前方卻有扇顯眼的門，離他只有短短幾步的距離。

簡直就像在邀請他一樣。

夏司宇並沒有多想，身後的道路都被迷霧覆蓋，完全看不清楚，他只能選擇進入眼前的門。而在那之後，他就來到這間醫院，同時無數怪物朝他襲來。

「怪物不會攻擊死者」這句話，在這間醫院裡完全不適用，夏司宇被怪物瘋狂追擊，沒有武器的他只能想辦法邊殺敵邊前進，最後，他發現了躺在病床上的杜軒。

他原以為杜軒已經平安離開，沒想到居然會在這裡見到他，瞬間，他明白了一件事——那扇門根本不是出口，而是通往醫院的入口。

夏司宇試圖把杜軒從病房帶出來，然而怪物卻不斷干擾，不讓他接近，甚至轉移了杜軒的位置，讓他找不到人。

他費了好大一番功夫，才終於找到杜軒，可是杜軒似乎沒有發現他，反而像是看不見他的存在，跑出病房後直奔電梯口。

接著後面就是他強行打開電梯門，倒進杜軒懷裡的事了。

聽完夏司宇的解釋，杜軒冷汗直冒。

總覺得夏司宇所「看見」的事實，和他眼前所見到的不同。

難道他被某種東西蒙蔽雙眼，陷入了某種幻覺之中，所以才沒能發現夏司宇？

店長，還有那名詭異的主治醫師，難道都是他自己的幻想？

想起主治醫生的臉，杜軒不覺得那個人是「幻覺」。

一種詭異的感覺油然而生，讓人寒毛直豎，同時產生不祥的預感。

「我大概是產生了幻覺。」

「……也就是說，這是『那傢伙』的能力。」

夏司宇突然冒出這句結論，讓杜軒滿頭問號。

「你說的是誰？」

「命令那些怪物攻擊我的人。」

夏司宇話才剛說完，窗戶外面突然傳來轟隆巨響，耀眼的閃光照進病房，彷彿在回應夏司宇。

雖說醫院本來就因為空調而溫度偏低，但此刻，杜軒卻感受到讓手腳麻痺的冰冷觸感。

他在冒冷汗，內心充滿對未知的恐懼，同時，他也想起了主治醫生的臉。

窗外雷光閃過，瞬間照亮病房內部。

而就在這短短幾秒內，杜軒看見背對窗戶、帶著笑意凝視他的男人。

杜軒狠狠抖了一下肩膀，臉色鐵青，在閃光消失、病房內恢復黑暗之後，那個男人又消失無蹤，彷彿本來就不存在。

的。

夏司宇抓住杜軒的手，把他嚇了一大跳。

看著杜軒不安的神情，夏司宇知道他的情況不太樂觀。

「這個地方似乎會讓生者的神智受到影響，產生幻覺之類的。」

被夏司宇抓著手，杜軒竟然感到安心，似乎只有他才能讓杜軒感覺到自己是清醒的。

就像夏司宇說的，他也猜到這間醫院會對他產生什麼樣的影響。眼前的一切簡直就像窺探了他的記憶，再透過這些情報營造出需要的場景，試圖讓人分不清現實和虛幻。

在他昏睡的那段時間，自稱主治醫師的男人，恐怕已經對他的腦袋動了手腳，現在彷彿閉上眼都能感覺到對方在自己身邊，隨時都會出現。

想到這，杜軒的腦海裡突然閃過梁宥時的臉。

他還記得那時候的梁宥時毫不猶豫就走進那扇門，恐怕就是受到精神控制的影響。

如果說這間醫院裡有能夠控制生者腦袋的「怪物」，那麼他們的情況真的很危險，要不是有夏司宇在，他恐怕永遠都不會發現。

「我就覺得那個自稱是主治醫師的傢伙怪怪的。」杜軒頭痛萬分地扶著腦袋。

「主治醫師？」

「你沒見到?」杜軒看到夏司宇一臉狐疑,覺得奇怪。

夏司宇明明是跟在他後面追過來的,卻沒看到主治醫師?

該不會只有生者才見得到那個男人吧。

「算了……不管這些,你的身體現在還好嗎?」

夏司宇是他能夠成功逃脫的關鍵,絕對不能出事。

他搔搔頭,回答杜軒:「雖然看上去很糟糕,但稍微恢復一點了。」

「真假?你到剛剛為止還說不出話,一臉看上去要昏倒的樣子。」

「可能是待在你身邊的關係,讓這地方對我的影響變小,恢復速度有比較快。」

「意思是這間醫院會影響生者的神智,然後會阻礙死者的恢復能力?」

「看來是這樣沒錯。」

「真是糟糕的地方。」

「你這句話說得也沒錯,所以,要逃出去。」夏司宇緊緊抓住他的手,眼神銳利,「我們兩個一起。」

杜軒垂眼,看著那緊緊抓住自己的手,點頭回應。

「話說回來,你剛才不是說自己被一堆怪物追殺,現在怎麼一隻都沒看到?」

「在我找到你之後,它們就不知道去哪了,現在就像是暴風雨前的寧靜……總而言之,得先找到能用的武器。」

夏司宇邊說邊起身，在旁邊的櫃子、抽屜和浴室搜索能做為武器的道具。

在杜軒剛才替他包紮的醫療器材堆裡，他找到了手術刀，雖比不過軍刀這類東西，但至少還算能用。

「醫院裡應該不會有武器庫之類的地方吧？」

杜軒朝他翻了個白眼，「你怎麼會覺得這裡有那種東西！」

「算了，跟我來。」

夏司宇走出病房，杜軒見他連等都不等自己，急忙追出去。

「喂！不是才剛說好不要分太開嗎……唔！」

杜軒才剛跨出病房，漆黑的走廊瞬間轉亮，刺眼到讓他眼前一片白光。

看不清楚的情況下，他和走廊上的人不小心擦撞，狠狠摔倒在地。

「痛……」

「走路看路！」

對方走得很急，連口氣也不友善，很快就走遠了，留下杜軒一個人。

杜軒摸著屁股站起來，當他看清楚周圍的情況後，頓時傻眼。

不知道為什麼，他現在正站在慌亂的人群當中，所有人都正忙進忙出，根本沒有人理會他。

「快點！把病患轉移到安全點！」

「已經在快了！」

「喂！不要拉病床！用輪椅！」

護理師、護士，以及脖子上掛著聽診器的醫生們忙進忙出，看上去似乎是遇到了什麼緊急狀況。

杜軒搞不懂這是怎麼回是，周圍的緊張氣氛讓他相當不安。

他想跟上夏司宇，卻怎麼樣也找不到人，直到他與不知什麼時候靠近自己、身穿病人服的陌生男子四目相交。

杜軒愣住，那雙布滿血絲的眼眸，死死地盯著他的臉。

接著這名病人迅速舉起沾滿鮮血的右手，將手裡緊握的手術刀，狠狠往他的右眼插下去——

杜軒來不及閃開，腦海閃過「死定了」三個字的瞬間，他的身體被人用力往後拉過去。

「咚」的一聲，他狠狠撞進硬梆梆的胸膛。

杜軒猛然將頭向後仰，這時才發現明亮的醫院走道，又變回之前陰森、黑暗的模樣，窗外仍在下著大雨，雷光閃爍，而他被嚇到滿頭大汗，驚恐地張著嘴喘息。

「該死……才離開你沒幾秒而已。」夏司宇不悅地咂舌，抓住杜軒的那隻手加重了力道，「你沒事嗎？」

夏司宇原本還想繼續數落，但看到杜軒臉色蒼白、瞳孔顫動的畏懼模樣後，將原本要說出口的話吞了回去。

杜軒搖搖頭，髒話差點脫口而出。

他不好，一點都不好。

到底什麼時候才能夠脫離這個鬼地方！

第八夜

精神病院（下）

杜軒始終保持安靜，沒有說半句話，夏司宇也沒追問。

他就這樣靜靜牽著杜軒的手，像是帶著隨時會走失的孩子一樣，默默地前進。

杜軒的情況不是很穩定，似乎是因為只要沒有夏司宇在身邊，精神就會受到影響。雖說很麻煩，但夏司宇也只能這麼做。

他們剛剛搭的電梯已經摔壞，原本想說搭其他電梯下去，但電梯的電力似乎發生問題，動也不動。

無可奈何之下，他們只好走樓梯。

樓梯口的牆面上有著大大的英文標記寫著「Ｂ１」，但這裡根本就不是地下樓層。

杜軒盯著它，思考半秒後，得出結論。

「原來那不是樓層，而是不同棟的意思。」

這裡是Ｂ１，而他們之前待的那個地方則是Ｂ２，再加上夏司宇提過的天橋，結論便十分明顯——這裡和杜軒醒過來時的那棟有著自我意識的建築物，是同樣的地方。也就是說，他們根本就沒有離開，還是被困在同一個空間。

或許，有著自我意識的建築還遠比這裡安全許多。

相較之下，這裡的裝潢很新，也沒有損壞，更沒有什麼奇怪的東西堵住去路，只是在這棟碩大的建築裡，除了他跟夏司宇之外沒有其他人。

兩人往下走，直到沒有階梯為止，才推開樓梯間的門走出去。

這裡應該是一樓，空間比樓上來得寬敞，而且沒有隔開的病房，輕而易舉便能把整片大廳納入眼底。

終於看到通往外面的自動門，這讓他們心裡鬆了口氣。不過自動門沒有通電，無法打開，而外面則是被鐵柵門牢牢關緊，完全出不去。

即便出去了，柵門之外的景像也完全沒入迷霧，什麼都看不見。

「看樣子沒辦法從這裡出去。」

「……也最好不要。」

夏司宇瞇起眼眸，注視著濃霧。

杜軒起先不懂夏司宇為何表情嚴肅地看著什麼也沒有的地方，直到他發現迷霧中出現灰色的搖晃身影，步伐緩慢地在柵門之外徘徊。

危險的是，身影不只一道。

「應該有其他出路吧？」

「不用擔心，我會讓你安全離開。」

「比起我，你應該要更擔心自己。」杜軒用手指輕戳他手臂上的傷口，「滿身傷的可是你，我完全沒事。」

「你應該沒忘記我是死者吧？」

「當然沒忘，怎麼？因為你已經死掉所以就不能關心你？」

「……隨你高興。」

夏司宇知道，沒辦法跟杜軒溝通。

他把纏在手臂上的繃帶鬆開來，讓杜軒看個清楚。

「我沒事，你不用擔心我，照顧好你自己就好。」

杜軒很驚訝，明明剛才滿身是血，看起來快掛掉的樣子，沒想到跟他會合後沒多久，這些傷口便全數癒合，精神看上去也好很多。

真的是只要跟他待在一起就能加速恢復能力，這還真讓人意外。

但這也讓杜軒對這間醫院產生懷疑。

「這裡到底是什麼鬼地方啊……跟之前去過的空間相比，真的是太奇怪了。」

「精神病院。」夏司宇看向旁邊牆壁上寫的文字，回答杜軒的問題，「是寫著精神醫療機構沒錯，可是實際上這裡在治療什麼，不用想也知道。」

杜軒順著夏司宇的視線看過去，果然跟他之前在文件上看到的內容一樣。這也代表他沒猜錯，雖然此處和之前那邊是兩棟建築，但都是同個地方。

「總之，我們先找其他出口，這麼大的地方總該有個後門或逃生出口之類的地方。」

夏司宇牽著杜軒一起走，兩人緊緊握著彼此的手，說什麼也不放開。

他們轉身往櫃臺的方向走去，打算繞整個一樓一圈，看看能不能發現其他出口，就算是窗戶也可以，只要能離開這裡就好。

然而，櫃臺前方莫名出現的黑色人影，卻令兩人提高警覺，停下腳步。

夏司宇壓低視線，緊握右手的手術刀，慢慢將杜軒推到身後。

杜軒透過夏司宇的肩膀，看著對方從陰影底下走出來。當他看清楚那張臉的瞬間，立刻毛骨悚然、頭皮發麻。

是主治醫師，那傢伙的臉他不可能忘記。

「為什麼那傢伙會……」

原以為這個男人也是他受到影響後才出現的幻覺，就跟店長一樣，沒想到現在卻活生生站在自己面前。

看見他的瞬間，杜軒下意識握緊夏司宇的手，同時也確定一件事。

果然這名自稱主治醫師的男人，就是這個地方的「負責人」。

怪不得他會覺得這個男人怪怪的。

「杜軒先生，我們又見面了。」

主治醫師的眼鏡鏡片完全反光，看不清楚此刻他是用什麼樣的眼神在盯著自己。

這個男人全身上下仍散發著冷冰冰的氣息，展現出的威嚇感彷彿能掐住對方的脖子，不讓人呼吸。

「你是什麼人……」

「我是主治醫師，之前不是已經自我介紹過了？」

「不要以為你笑呵呵的，就會讓人感到親切！」

「是這樣嗎？」主治醫師摸摸臉頰，似乎沒意識到自己臉上的表情，「因為就算是面對無法醫治的病人，也要面帶笑容、給予對方最低限度的憐憫，所以我習慣了。」

「最低限度的憐憫……你這傢伙到底在說什麼鬼……」

「杜軒先生，你還是第一個能從隔壁棟順利來到這裡的病人，我很高興哦，因為已經很久沒遇到像你這樣有趣的病人。」

「你這變態。」杜軒苦笑，還不忘用言語來損對方，「果然待在這種鬼地方的人，就算是醫生也會發瘋。」

「你這麼說讓人有些傷心呢，杜軒先生。」

「哈！誰鳥你啊，別擋路，我們可沒時間陪你鬧。」

「這可不行。」主治醫師面帶微笑，接著，從他的左右兩側慢慢走出一群身穿白色病服的人。

他們有男有女、有老有少，人數相當多。

每個人都像是背後靈般表情呆滯、無任何思考能力，和人偶沒什麼不同。

臉。

夏司宇面無表情，他沒有把那些病人看在眼裡，而是直勾勾地盯著主治醫師的

「……你也是『死者』嗎？」

杜軒聽見夏司宇這麼說，驚訝地瞪大雙眸，接著他看到主治醫師慢慢將頭向後仰，露出燦爛的笑容。

「我很少遇見『同伴』呢。」

「關在另外一棟建築裡的生者，果然是你安排的。」

「我也只是接受『分配』而已，反正到這個地方來的無論是生者還是死者，都不可能離開。」

「分配」。

這兩個字清清楚楚傳入杜軒的腦海，讓他想起形貌模糊不清、聲音冰冷刺骨，像是要將他生吞活剝的「那個人」。

果然是那傢伙刻意安排的嗎……也就是說，對方的權力大到能夠自由掌管靈魂的進出，但為什麼又偏偏執著地想殺他？

主治醫師突然把視線轉到杜軒身上，杜軒也正好盯著他，兩人的目光就這麼湊巧地對上。

杜軒嚇了一跳，急忙撇開眼，滿頭大汗地躲在夏司宇身後。

主治醫師露出笑容，「生者和死者的組合……你們真的很有趣。」

他從口袋裡拿出收納袋，從裡面掏出針管，直接往最近的一名男病人身上打下去。

「雖然很想多觀察，可惜，我接到的『指令』是要消滅你們的靈魂，所以，不好意思了。」

他不知道是將什麼液體注入了男病人的身體，只見男病人的肌肉突然鼓脹、冒出猙獰青筋，身材也瞬間拉高得有如巨人。

杜軒覺得有點眼熟，很快，他就想起自己在哪見過同樣的「怪物」。

就是在梁宥時被追殺的那層樓，跟那些速度很快的壯漢一模一樣！

男病人邊吼叫著邊衝過來，夏司宇二話不說立刻上前，以手術刀俐落地劃過對方的喉嚨。

短短不到幾秒，男病人脖子上的動脈就被割開，大量鮮血如泉源湧出。

在對方倒地後，夏司宇一腳踩在男病人的脊椎上，朝主治醫師勾勾食指挑釁。

「別慢吞吞的，我可沒那麼多時間陪你耗。」

「……真是棘手。」主治醫師收起笑容，態度似乎也不再像之前那樣散慢、充滿自信，取而代之是對夏司宇的警戒。

雖說夏司宇從行動到攻擊結束，只花費了幾秒的時間，但他卻「看」得很清楚——這個男人，可是以醫生用來拯救生命的器具殺了人。

他是不是該慶幸，現在這男人手裡拿的不是槍，只是又小又短的手術刀，否則受傷的很有可能就是他。

「看來我得拿出實力了。」

「隨便。」夏司宇用手指轉動手術刀，看起來輕鬆自若，不受脅迫。

主治醫師抽出小手槍，往身旁的病人身體連開好幾槍。

射出來的並不是子彈，而是注射器，每針都具有影響病人「靈魂」的效果，而這也是他在這個地方所做的研究。

因為喜歡、迷戀，他愛上改造人體，利用基因和病毒激發人的潛能，讓他們成為更加完美的人類——然而這個藥劑並非百分之百完美，因為注射後的人全都會發瘋。

而這，就是這間「精神療養機構」的起源。

被注入藥劑的病人們開始抱頭大叫，但痛苦僅維持幾秒，藥劑吞噬靈魂的速度，遠比肉體更快上千百倍，轉化的時間極為短暫。

病人們的外表開始產生變化，有些人身軀融化，變得像蠟像一樣；有些人則是長出尖牙和利爪，如同野獸；唯一相同的結果，是他們全都雙目布滿血絲，進入瘋狂狀態。

所有病人一擁而上，但他們的目標不是夏司宇，而是被這恐怖情景嚇到的杜軒。

他站在原地動彈不得，明明知道應該要立刻逃跑，卻怎麼樣也無法抬起腳。

夏司宇知道這些怪物的目標是杜軒，畢竟主治醫師剛才也說過，他要杜軒的命，於是早在怪物衝過來之前就已經回到杜軒身邊，用手臂圈住他的腰，把人扛在肩膀上。

右手是慣用手，必須握武器，所以他用傷還沒完全癒合的左肩扛著杜軒。

他剛才說自己的傷勢恢復大半，並沒有說謊，只不過有些傷口恢復的狀況不是很好，他是為了不讓杜軒擔心，才會故意把已經恢復的地方給他看。

當杜軒壓上他的左肩時，有點痛，甚至能感覺到血溢出的溼潤，但現在根本沒有心思去管這些。

怪物的人數不多，可是他的行動受限，面對速度快的怪物反而有些難以對抗。

他選擇轉身逃走、拉開距離，而怪物們則是立刻追上去。

主治醫師雙手環胸，輕推眼鏡，反光的鏡片上映出兩人逃走的背影。

明明看上去是他占優勢，但，主治醫師的表情卻沒有多高興或是悠哉。

他張開嘴，喃喃念道：「沒想到會在這裡見到『鬣狗』，果然跟傳聞一樣，是不好對付的傢伙。」

接著，主治醫師轉過頭，看向將身體往後靠著椅背，翹著二郎腿，大剌剌地坐在大廳椅子上的「人型輪廓」。

「可以別把那麼麻煩的東西丟到我的地盤來嗎？」

主治醫師嘆口氣，直率地向對方抱怨。

然而回應他的，就只有迴盪在碩大空間裡的尖銳笑聲。

原本坐在那的「人」，慢慢抬起手，將臉埋入掌心。

「閉嘴，好好幹。要不然你就跟這個地方一起消失。」

像是給予最後警告，說完這句話之後，那個「人」便消失不見。

剩下的，只有那張被它碰觸過後腐蝕殆盡的椅子。

像這樣被夏司宇扛著逃跑的情況，杜軒已經漸漸開始習慣，唯一沒辦法習慣的，就是那些頗有壓迫感的「怪物」。

一樓大廳相當寬廣，打蠟的地面比起其他樓層都要難跑許多，鞋底摩擦光滑地面的聲響迴盪在整棟醫院，將他們的所在位置暴露得一清二楚。

注入藥劑而進入瘋狂狀態的病人們，就像是被打了腎上腺素，速度快得驚人，即便是需要靠拐杖行走的老人，在轉化後跑起來也不輸給短跑選手。

相較之下，夏司宇因為杜軒而被拖累，根本沒辦法和怪物們拉開距離，甚至被超越過去，輕而易舉堵住前方的去路。

見狀，夏司宇果斷轉向，感覺上他們彷彿在大廳中繞圈圈，逃不出去也躲不過追擊。

對怪物來說，它們只需要消耗夏司宇的體力就好，根本不需要著急。著急的反而是他們。

「這樣一直逃跑也不是辦法！它們數量這麼多，而且速度完全沒有降低，很快就會追上的！」

「不用你說我也知道。」

夏司宇看上去相當冷靜，回應他的語氣雖然不耐煩，但是沒有焦急的感覺。

接著，夏司宇的身體突然高高躍起，這時杜軒才發現夏司宇竟然扛著他跳到擺放著相當多藥品的藥房內。

夏司宇隨手將杜軒扔在地上，轉身把門關好、上鎖。

追在後面的巨大怪物們不斷拍打門面，甚至用爪子刮，數量多到像是把外面的空間塞滿，沒頭沒腦地想靠蠻力突破。

杜軒跌坐在地，還沒回過神，就看到頭頂有陰影落下。

他嚇得趕緊起身跳開，眼睜睜看著身後的藥櫃傾斜，砸在門上面，完全把門卡死。

杜軒不滿地朝推鐵櫃的夏司宇大吼：「你想殺了我嗎！」

「不用擔心，我有看準距離。」

「聽你胡扯。」

杜軒的抱怨並沒有持續多久，因為門外那些變成怪物的病人，聽上去彷彿要將門連同整面牆壁都拆掉，而他們被困在放置藥品的封閉空間，沒有退路，也沒有其他出口。

真要說能夠逃出去的地方，也只有面向外面、用來讓病人領取藥的玻璃窗口，但那裡距離門很近，那些怪物很快就會發現他們，因此夏司宇果斷放棄這條路。

「為什麼要躲在這？」

「總不能一直逃，那些傢伙在等我體力耗盡。」

夏司宇邊說邊開始四處搜刮，可惜並沒有找到什麼好東西。

要在醫院這種地方找到武器什麼的，實在是天方夜譚，光靠一把手術刀可殺不完那些怪物。

「喂，接下來該怎麼辦？」

「閉嘴，別吵。我正在想辦法。」

夏司宇皺緊眉頭，開始不耐煩了。

他是死者，照理來說不會真的死亡，但杜軒不同。

而且那個笑得很欠揍的醫師的目的，很顯然就是想殺死杜軒，只是不知為何要對杜軒如此執著。

按照這個異空間的規則，不可能對某個特定的生者靈魂如此特殊——除非有人刻意這麼做。

從杜軒突然被轉移這點來看，機率很高。

杜軒不知道夏司宇在想些什麼，但看他這麼認真，加上那心浮氣躁的模樣，也只能選擇乖乖閉嘴，不去吵他。

杜軒看著自己的雙手，忽然意識到兩人分開了，急急忙忙跑過去拉住夏司宇。

「呃！你別隨便放開我啊！萬一我又陷入幻覺怎麼辦？」

夏司宇盯著那隻抓住自己的細瘦手腕，大聲嘆息。

「就是因為這樣，所以我沒辦法跟你分開行動，要不然就能拿你當誘餌，趁你吸引那些傢伙的注意力時一個個把它們解決掉。」

「是想限制你的行動對吧。」

「啊啊，這代表他早就知道我跟你是一掛的。」

眼前遇到的麻煩，簡直就像是為他們量身打造的危機。

這種感覺很奇怪，就像是在狩獵場、甚至更早之前就被盯上了。

「咚」的一聲巨響，引起兩人的注意力。

壓住門的鐵櫃不知什麼時候被向後推倒，幸好他們離的距離夠遠，沒有被壓到。但問題不是這個鐵櫃，而是那扇被反鎖的鐵門，已經被銳利的爪子鑿破。

透過長長爪痕開出的縫隙，能清楚看到那些布滿血絲的眼球，簡直就像之前看到的那些用來監視他們的眼珠，令人頭皮發麻。

「該死，那扇門撐不了多久的！」

杜軒往後退，撞在夏司宇的胸口上。

夏司宇扶住他的肩膀，不快地咂舌。

「不能再逃下去，這樣沒有意義，而且對我們不利。」

「那就讓這些傢伙沒辦法靠近我們。」

杜軒轉身開始搜刮底層鐵櫃，單手搜索雖然有些吃力，但他運氣不錯，很快就有所發現。

「夏司宇，這些傢伙應該都是死者吧？所以就算殺了他們也不要緊？」

夏司宇看他盯著櫃子裡面的物品問這種問題，只能嘆氣。

「你是想殺人嗎？」

「當然不想，所以才問你。」

「……就算只是靈魂，也是條命，你沒必要髒了自己的雙手。」

「用不著把我當成純潔的白紙，我討厭被人小心翼翼對待。」

「我們現在討論的可是『殺人』話題，只是個普通人的你，怎麼可能有奪取他人性命的覺悟？」

「軍人殺人就沒差嗎？」

「我們是以命拚搏，不那樣做就會死，沒得選擇。」

「那樣的話，我現在的處境也和你說的沒什麼不同。」

杜軒勾起嘴角，把夏司宇的手放在自己的肩膀上，空出雙手後，從底下的櫃子拿出棕色玻璃瓶。

夏司宇看到那罐液體，嚇了一跳，同時也意識到他在打什麼主意。

「你認真的嗎……」

杜軒沒有回答，他打開瓶口後，拿起放在桌上的紗布，用力塞進罐子。

瓶子裡的液體是高濃度酒精，因為存放位置較低，所以夏司宇並沒有搜到。

「你怎麼會做這種東西？」

夏司宇不解，明明杜軒看上去對武器沒有半點知識，沒想到居然還能做出簡易的燃燒瓶。

杜軒聳肩回答：「我喜歡打電動。」

「啊？打電動跟這有什麼關係？」

「看來我們興趣不合。」

杜軒不理會夏司宇，拿出打火機點燃紗布。

輕薄的紗布燃燒的速度很快，瞬間就燒到瓶口，杜軒也毫不遲疑地直接往被抓開裂口的門狠狠砸過去。

夏司宇瞪大單眼，接著又聽見許多玻璃瓶砸破的聲響，才發現杜軒竟然接二連三狂砸酒精瓶，加速火焰延燒的速度。

「你瘋了嗎！」

「才沒瘋。」杜軒指向旁邊的玻璃窗口，眨眨眼，像個老實的乖孩子般對夏司宇說：「把那裡砸破就能逃出去。」

夏司宇咬緊牙根，雙手舉起沉重的鐵椅，砸破玻璃窗。

本來就有些破損的玻璃窗，輕而易舉地在他的蠻力下碎裂，接著他用力拽住杜軒的衣服，在火燒過來之前跳出去。

抓狂的病人們發現了他們，即便被火纏身，也還是要追過來。

夏司宇把杜軒拉到一邊，用腳踹飛最先撲過來的怪物。然而病人前仆後繼地跑過來，有些人的臉甚至開始融化，卻依然沒有停下攻擊。

「抓著我！」

夏司宇拿起旁邊的點滴架，把這些燃火的怪物推開。

杜軒拉住夏司宇的衣角，雖然這樣多少會阻礙夏司宇的行動，但他更怕被幻覺影響，給夏司宇添更多麻煩。

火攻很有效果，雖然花了點時間，最後還是成功讓這些病人癱倒在地。

終於解決怪物，原以為能夠喘口氣，可是陰暗的角落裡卻緩緩走出更多穿著病人服的人影。

數量，比剛才還要多。

「嘖！什麼——」

夏司宇根本來不及反應，這些病人就像是喪屍般朝他們跑過來。

這次的病人並沒有改變體型，也沒有尖牙利爪，看上去就像普通人，但他們卻全部揮舞著雙手、張開嘴巴嘶吼，就像一群瘋子。

一兩個還好說，但十幾個人同時衝上來，任誰都抵擋不住。

危急時刻，杜軒的腦海突然閃過「預見」畫面，他立刻轉頭盯著被大火吞噬的藥房，用力拉住夏司宇的手臂。

「要爆……」

話還沒說完，藥房下一秒變發出強烈閃光，轟然爆炸。

夏司宇從眼角餘光發現閃光的當下，不等杜軒把話說完，就用手臂壓住他的身軀，和他一起趴倒在地。

爆炸瞬間，那些衝向他們的病人全被炸飛，周圍頓時清出一大片空間。

他們距離比較近，雖然沒有受到熱浪波及，雙耳卻嗡嗡作響，什麼也聽不見。

杜軒覺的腦袋昏沉又嚴重暈眩，視線也模糊不清，但仍然能看見夏司宇的臉在眼前晃來晃去。

等意識和聽力恢復的時候，他發現自己已經被夏司宇背起來，遠離了那片火海。

該死。

杜軒皺眉，暗罵自己的無能。

明明有「預見」的能力，卻一點忙都幫不上，就連知道那裡會爆炸，也沒有做出反應的時間。如果他能自由自在控制這份力量的話，或許就不會變成這樣。

不過，他原本以為這份能力沒辦法在這種遊戲空間使用，看樣子之前應該只是能力沒有啟動，又或者是因為這是他第一次長時間待在這個鬼地方。

無論原因是什麼，都不是他現在必須煩惱的。

「預見」總是神出鬼沒，他不知道什麼時候又會突然「看見」，但如果它出沒的頻率和他在現實世界時差不多的話——

「醒了？」

夏司宇的詢問聲，打斷了杜軒的思緒。

他抬起頭，這才發現夏司宇已經帶著他躲進某個房間裡，暫且休息。

夏司宇看著他的眼神很嚴肅，甚至還用拇指輕壓他的眼袋。

「你的臉色很糟糕。」

「……我沒事。」

「虧你能發現爆炸。」

「那裡既然有存放酒精，應該也有其他易燃物。」

杜軒並不打算告訴夏司宇自己擁有「預見」的事情，至少現在還不是時候。

「這裡是哪裡？」

「看起來是診療室。」

杜軒四處張望，確認夏司宇說的話。

「火會燒過來的，我們不能待在這裡。」

「你不用擔心，這裡可是醫院。」

起先杜軒不懂夏司宇為什麼要這樣說，直到他聽見警報聲響起，接著天花板的自動灑水器啟動，這才恍然大悟。

「該死……這裡居然有消防設備？」

「好歹也是醫院建築，雖然和生者的世界不同，但這裡所有的地區都是從現實世界複製過來的。」

「我沒想到會變成這樣。」

「起來，現在沒太多時間讓你休息。」

夏司宇把杜軒拉起來，兩個人淋著水，確認走廊沒有危險後，立刻走出去。

逃生設施的燈光亮起，讓原本漆黑的走廊稍微增加一點亮度，另外還有警鈴幫助他們隱藏腳步聲，只要不被發現，就沒有太大問題。

那些像是喪屍的病人還是有不少，只不過分散得比較開，同時因為警鈴和灑水的關係而降低追蹤能力。

「我們要去哪？」

「急診室。」夏司宇飛快回答，「那裡肯定有出路。」

杜軒想起自己最開始醒過來的地方，點點頭，「急診室也有通向外面的自動門，現在只希望那裡沒被封死。」

「被封的話，我就只能在這裡和你殉情了。」

「說那什麼可怕的話，我才不要。」

「我也不要。」夏司宇朝他翻了個白眼，「這是玩笑話，有點幽默感好嗎？」

「……你好歹給我分時間和場合說笑話，現在我可是一點也笑不出來。」

「看你繃著臉，緊張得要死，所以我才想說點什麼讓你放鬆。」

夏司宇摸摸杜軒的頭，完全把他當成小孩子對待。

杜軒揮開他的手，不滿地抱怨：「要開玩笑等離開這間爛醫院再說。」

他們並不清楚急診室的位置，但是路過某個轉角的時候，夏司宇發現了牆上的樓層平面圖，順著上面顯示的位置，終於成功來到目的地。

急診室很安靜，和杜軒之前醒來時完全不同。

原本有許多人來來去去、相當熱鬧的區域，如今卻空蕩蕩，甚至還有些毛骨悚然。

他們的判斷沒錯，這裡確實有自動門，幸運的是這裡並沒有被鎖死，然而——已經有人坐在櫃檯旁邊的椅子上等著他們。

和大門那時的情況一樣，是那名陰魂不散的主治醫師。

灑水器停止，警報聲也消失，一切恢復寧靜，就像是在為雙方的相遇營造氣氛。

「逃得愉快嗎？兩位。」

「少廢話，你還想用那些沒用的東西阻止我們？」

夏司宇沒給對方好臉色看，甚至不把他放在眼裡。

主治醫師摳摳臉頰，一臉尷尬。

「坦白說，我不認為能把你怎麼樣，反正我的目標只有一個人，所以不太需要在意你。」

「你說什麼？」

「就算是想把你們分開也不行，想一起幹掉也不行，那就只能用其他方法。」

夏司宇越聽越覺得這個人說的話很奇怪，杜軒也搞不懂主治醫師到底是在打什麼主意，專注於眼前之人的他們，根本沒發現有個熟悉的身影正從後方慢慢接近。

一步一步，緩慢且遲鈍，面孔被陰影遮掩，唯一能清楚看到的，就只有握在手中的那把銳利的長刀。

兩眼發直，如人偶般的男人，就這樣靜靜地站在杜軒身後。

杜軒根本沒注意到身後有人，直到他感覺到身體一陣刺痛。

「呃！」

杜軒的聲音嚇到夏司宇，他轉過頭，發現杜軒的腹部被鮮血染紅，一把刀貫穿了身體。杜軒瞳孔放大，目不轉睛的看著他。

「哈……真要命……」

光是看到刀子貫穿身體的畫面，就足夠令他暈眩，更何況這把刀還是插在自己的肚子上。

他轉過身，看著站在身後的男人，勾起嘴角自嘲。

「這都是些什麼鳥事……」

夏司宇握緊拳頭，二話不說往那張呆滯的臉揍下去。

對方飛撞到牆壁上，倒地不起。杜軒則是大口喘息，除了腹部的疼痛之外，什麼也感覺不到。

夏司宇咬牙，將他橫抱起來，然而通往醫院內部的路迅速被病人們占據，只聽見主治醫師的聲音從背後傳來。

「殺死生者是很簡單的事，對吧，鬣狗？」

「鬣狗」兩個字，讓夏司宇單眼瞪大，但他還來不及動作，就突然被人拽住衣領，狠狠甩出急診室大門。

主治醫師雙手插在口袋裡，看著跌坐在迷霧中的夏司宇，冷冷地笑著。

「慢走不送。」

隨著主治醫師的聲音變得越來越遠，迷霧也將急診室大門淹沒。

整棟醫院就這樣消失在夏司宇眼前，而夏司宇也沒時間發火，只能抱起杜軒沉重的身軀，奔入迷霧之中。

第九夜

鬼門關（上）

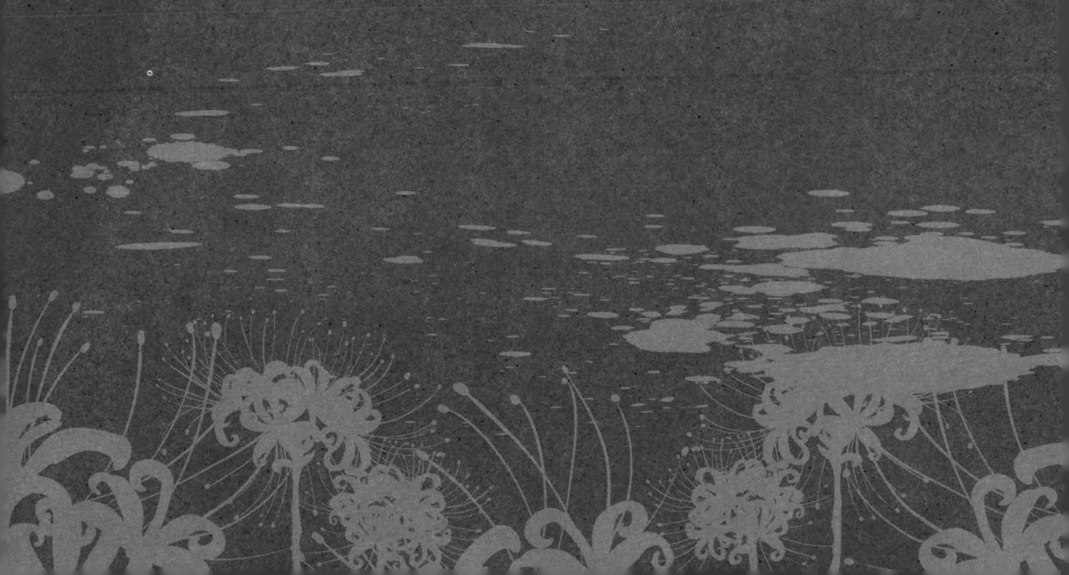

鮮血一滴滴落在水泥地上，痕跡清楚可見，也將他們的行蹤完全暴露，但現在夏司宇根本管不了這麼多，只想著一定要救杜軒。

至於實際上要怎麼做，他根本沒有頭緒，到頭來，夏司宇就只是在陌生的濃霧中胡亂奔跑，就像隻無頭蒼蠅。

「唔、痛……」

聽見杜軒皺著眉頭喊痛，夏司宇這才回過神。

他站在十字路口中央，徹底迷失了方向。

周圍都是濃霧，看不清楚建築物和道路，迷漫在空氣中的溼氣令人渾身不舒服，彷彿泡在水中一般，全都沾在肌膚上，甩也甩不掉。

夏司宇低頭看著杜軒越來越蒼白的臉色，不悅地咂舌。

光靠他果然保護不了杜軒，可是那個男人也很奇怪，既然要殺死杜軒的話，就不該把半死不活的他扔出療養院，應該會執行得更加徹底才對。

甚至在剛才的情況下，要直接朝他們注入那個奇怪的藥劑，也不是不可能。

夏司宇有種被主治醫師放過一馬的錯覺，這讓他的心情糟糕到極點。

不過，現在他該擔心的，並不是主治醫師在打什麼算盤，也不是失血過多、隨時可能會掛掉的杜軒，而是從剛才開始就隱藏在濃霧中觀察他們的「視線」。

和之前在Ｂ２建築裡，被那些布滿血絲的眼球盯著看的感覺很像，不過他很清楚，視線的來源並不是它們，而是更棘手的敵人。

放慢腳步的夏司宇，沿著馬路繼續往前走，終於發現一棟建築物。

那是間店面狹小的五金行，看上去就不怎麼牢靠，也不像是能藏身的安全地點，但對現在的他們來說，這已經是唯一的選擇了。

夏司宇用力抓緊懷裡的杜軒，進入五金行。

店內的鐵製置物架東倒西歪，本來就沒有多少空間可以行走，如今又變得更加寸步難行。

他花費好一番功夫，才好不容易鑽進內側的房間。

更正確來講，是五金行的員工休息室。

夏司宇把杜軒輕輕放在沙發上，讓他側躺、避免動到長刀，接著把他的衣服撕開來檢查傷勢。

即使他不是專業的醫生，也能知道杜軒現在的狀況不是很樂觀。

長刀插入的地方血流不止，這不是緊急處理就能治療好的傷勢。

雖說進入遊戲空間的生者不過是靈魂狀態，但身體狀況是完全複製原本的模樣，簡單來說就是——在這個地方所受的傷，必須用治療肉體的方式來處理，和現實無異。

「抱歉，我不知道該怎麼做。」

夏司宇很慌張，一貫面無表情的臉龐如今滿是混亂思緒。

杜軒睜開眼，看著他手足無措的模樣，忍不住笑道：「哈……原來你也會手足無措？」

「都什麼時候了，你還開玩笑。」

「只是想讓氣氛輕鬆點，誰叫你一臉看起來好像有人死了一樣。」

「你是真的很想死是不是？」

「……沒啦，怎麼可能。」

杜軒試圖用輕鬆的語句來緩解痛苦，不過看上去沒有什麼效果。

異物插入身體的感覺太過強烈，無法忽視它的存在。

「要拔出來才行。」

「看來你是打算自殺。」

「才不是……」杜軒實在沒什麼力氣跟他鬥嘴，而且時間上也不允許。

他知道自己流失血過多，老實說現在要維持意識都已經十分困難，更不用說和夏司宇吵架了。

「不能一直這樣插著。」

「拔出來的話你會大量失血。」

「反正不管怎麼樣都會死，我還寧可不被這東西串著。」

「少說廢話，我會想辦法帶你去治療的。」

「呵，哪有那種地方……別說那種會讓我想笑的話。」

杜軒很清楚自己的身體狀況，也明白這樣下去，肯定連一個小時都撐不住。

老實說，他根本沒想到自己竟然能活這麼久，或許他早就該死了，只不過一直往後拖延而已。

「算了啦……反正我也懶得再跟這個世界繼續耗下去。」

「你現在是在跟我說，你想死嗎？」

夏司宇眉頭緊蹙，十分不爽。

他沒想到杜軒會說出這麼沒志氣的話，是因為失血過多的關係嗎……

明明杜軒根本就不是那種會輕易妥協的男人，看著他這麼久，夏司宇很清楚杜軒是什麼樣的人，否則也不會出手幫他到這個地步。

「沒想死啦……只是有點累……」

「我幫了你這麼多，結果你一受傷就跟我說想死，是不是根本沒把我放在眼裡？」

「哈，你居然會跟我爭論這種事。」

「給我閉嘴。」夏司宇單手掐住杜軒的臉頰，「我說會救你就是會救你，絕對不會讓你死在這種鬼地方！」

杜軒苦笑，甚至有些尷尬。

他究竟做了什麼，讓夏司宇如此執著於拯救自己？

明明他們完全沒有交集，不過是因為一場遊戲而認識罷了。

不行……他好睏，眼皮好重，什麼都不想思考。

「隨便你啦……我想睡覺……好累……」

「喂！杜軒，你給我保持清醒！喂！」

朦朧的視線裡，杜軒看到夏司宇那為他擔憂的表情。

坦白說讓這張撲克臉慌張還挺有趣的，可以的話他真的想多看幾眼。

只可惜，體力真的撐不住了。

杜軒慢慢闔上雙眼，手臂無力地垂下。

夏司宇冷汗直冒，急忙按住他的頸部確認情況。

還有脈搏，但是很虛弱。

「該死！」夏司宇立刻起身，拔腿奔出休息室。

他得想辦法才行，不能就這樣讓杜軒死掉！

無論如何，他都不會讓這條性命在他面前消逝！

杜軒整個人從沙發上彈起來，像是被人一拳擊出夢境，把他嚇得不輕。

環顧四周，一個人也沒有，但他的肚子上仍插著長刀。

「我果然死了嗎？」

這是他得出的結論。

在他自怨自哀的時候，外面傳來奇怪的聲音，像是有人在拖行某種沉重物體。

聲音不是特別明顯，他卻不知道為什麼聽得很清楚。

雖說肚子上還插著刀，他依然被外面的聲音吸引，走了出去。

站在門前的杜軒，意外發現外面的街道十分熱鬧，和他印象中的「地獄」完全不同，看起來生氣勃勃，而且光線明亮。

「天堂？」

他脫口而出，仰頭望向高空中的太陽——直到他發覺，那並不是一般認知中的「太陽」，而是發光的球體，數量還不少。

那些球體有著翅膀，能夠自由移動位置，看起來就跟野鳥差不多。

讓他在意的不只這些，還有在街道上行走的人群，以及剛才的聲音。

明明這裡光線充足，氣氛看起來很活潑，但所有的「人」都像是直立行走的影子，跨著固定步伐、以不急不徐的速度緩慢行走。

而拖曳的聲音，則來自於馬路對面的街道，有個身材高大但駝著背的黑影，手上拉著一個拖在身後的麻布袋。

麻布袋是鼓起的，裡面應該裝著東西，直覺告訴杜軒，最好還是不要知道裡面裝的是什麼比較好。

像這樣的高大黑影，有三個左右，他們的速度比「人」稍微快一點，甚至能夠直接穿越過人群，完全不受阻礙。

杜軒站在如此詭異的街道邊，腦袋裡一片空白。

「什麼鬼……」

他下意識呢喃，沒想到這輕到連自己都快聽不清楚的音量，竟然讓街道上所有「人」停下腳步，同時轉過頭面向他。

那畫面非常整齊，整齊到令人毛骨悚然，杜軒覺得心裡很毛，慢慢退回屋內。

可是，他沒能成功，反而撞進一個堅硬的胸膛。

杜軒差點跳起來，還來不及逃開就被對方抓住肩膀，強行將插入身體內的長刀拔出來。

他應該已經死了才對——然而他卻能清楚感受到刀子從體內拔出的感覺，刺痛、燥熱，加上失去知覺的下半身，令他不知所措。

「怎麼回事？為什麼……」

「**有異物干擾的話，就無法進行治療。**」

明明是個陌生到讓人害怕的聲音，但意外的是，杜軒竟然不覺得恐怖，反而有種安心感。

他轉過身，直視站在後方的人，卻在看見對方的模樣後瞪大雙眸。

因為這個人不是別人，正是他自己！

杜軒嚇得又往馬路的方向退，還差點跌倒，看起來狼狽滑稽。

那張跟自己一模一樣的臉露出笑容，伸手抓住他。

「**別緊張，我不是來害你的。**」

「你、你到底是……」

對方壓低視線，表情十分嚴肅。

「**『我們』不能讓那傢伙稱心如意。**」

「我們？你是指誰？」

這個人笑了笑，沒有回答他的問題。

他慢慢貼近杜軒，幾乎快要碰到他的臉。明明是自己的外表，杜軒卻仍然臉紅心跳，不知道為什麼，他很自然地想要去相信這個人，也不認為他會傷害自己。

無條件的信任——這種事明明不可能發生在他身上，可是他對這個陌生人卻沒有半點抗拒感。

是因為他用了自己的臉？

不，感覺並不是這樣，但又是為什麼……

「呃！」

腹部又開始刺痛，這次比之前還要難受。

杜軒按壓著傷口，只感覺到溫熱的鮮血不斷流出。

「你的時間不多了。」

「廢話，不用你提醒……」

「……我只能幫你這次，因為我只是『碎片』，能力有限。所以下次別再被偷襲了，不要浪費你原有的力量。」

杜軒還是聽不懂他在說什麼，但隱約覺得，這個人指的是他所擁有的「預見」能力。

眼前的分身，在留給他一抹微笑後，全身被白光包覆，變成和天上那些長著翅膀的太陽一模一樣的生物。

因為光芒太過閃耀，無法看清本體，唯一能辨識的，就只有那雙柔軟的雪白翅膀。

它縮小身軀後，鑽進杜軒的傷口，消失不見了。

起初，杜軒沒有感覺到什麼異樣，但正當他放心下來時，身體卻猛然發顫，強烈的窒息感令他喘不過氣，雙腿無力地跪在地上。

斗大的汗水一滴滴落在水泥地上，身邊的「人」無視他的存在，穿過他的身體來來去去。

在這看上去熱鬧、卻實質孤獨的世界裡，杜軒慢慢失去意識，癱軟倒地。

他什麼都沒搞懂，無論是這個奇妙的地方，還是那個和他有著相同容貌的陌生人。杜軒心裡充滿無數疑問，甚至開始懷疑，這是不是他在垂死之際所做的夢。

強烈的疲倦敢讓杜軒不想再去思考任何事，漸漸地放棄掙扎。

然而，他連眼皮都還沒闔上，就感覺到某種強烈的拉力，把他整個人往上抬起。

杜軒再次驚醒，但這回他發現自己趴在冷冰冰的地板上，鼻子因為撞擊而發紅。

原來他剛才從沙發上摔下來了。

「杜軒！」

夏司宇著急的聲音將他的思緒拉回來，他抬頭望向聲音來源，與那隻充滿恐懼、慌張的綠眼四目相交。

「怎麼回事？你的傷……」

夏司宇只從零亂的鐵櫃中翻到紗布和消毒用酒精，根本找不到能治療杜軒傷勢的有用器具，正當他不知道該如何是好的時候，回到休息室就看到杜軒竟然醒了過來。

他的雙眼空洞無神，彷彿被什麼東西控制住，自行反手將身體裡的長刀拔出。

夏司宇來不及阻止，眼睜睜看著鮮血飛濺，接著就看到那道怵目驚心的傷口在沒有接受任何治療的情況下自行癒合。

夏司宇傻了眼，腦袋一片空白，完全不知道發生了什麼事。

更重要的是，「自我癒合」不可能發生在生者身上，除非——

夏司宇越想越慌張，難道說杜軒死了之後立刻轉變為死者，擁有了自癒能力？

這種事他從來沒見過！

應該說，他沒見過以生者身分進入這個地方的人，會在死後直接變成死者。

「杜軒！」

夏司宇抓住杜軒的肩膀，呼喚他的名字。

杜軒回過神，透過破掉的衣服撫摸自己的肌膚。

還真的恢復了，連點疤痕都沒有留下，就像是從來沒有受過傷一樣。

「我沒事。」他的頭還有些隱隱作痛，聽到夏司宇的聲音後更是痛上加痛。

看著夏司宇慌張的眼神，杜軒有些驚訝，沒想到這個人竟然還有這種表情。

夏司宇似乎也意識到自己有點過於激動，可是他現在沒辦法冷靜下來。

他伸手撫摸杜軒的腹部，神情十分認真，杜軒也只能乖乖讓他摸。

「這樣很癢，還有，感覺很怪。」

杜軒小聲抱怨，但夏司宇沒有要收手的意思。

「生者可沒這種恢復能力，到底發生了什麼事？」

冷靜下來後，夏司宇漸漸恢復理智。

他是死者，他有能力判斷眼前的人是不是生者，這種感覺無法用言語形容，但死者就是能分辨兩者。

這或許是為了讓他們能狩獵正確的靈魂，所以，這點能力算是死者的基本配備。就像他一眼就能看出主治醫師是「同類」一樣，這是只屬於死者的特殊能力。

他很確定杜軒仍是生者，那麼，這表示剛才有某種力量介入了。

為了杜軒的安全，他必須知道那是什麼。

也許是夏司宇認真擔心自己的表情，打動了他的心；也許是因為知道自己給夏司宇添了不少麻煩，覺得有所虧欠，杜軒老實地將剛才夢到的情景告訴他。

夏司宇聽完後，眉頭越皺越緊，看起來心情不是很好。

「老實說我一開始還不確定那是夢還是現實，現在想想，甚至還有可能是那個主治醫師造的幻覺，但我當時太痛了，根本沒辦法思考那麼多。」

「我也沒聽過這種事，不過，這可能跟你被轉移到這裡來的理由有關。」

「話說回來，能夠挑選生者的靈魂進出，並派工作給你們，就表示這個地方是有管理者的吧？」

「抱歉，這我不知道。我們都是直接『感受』到命令、知道自己要做什麼，至於轉移的話，總是很突然，時間一久就習慣了。」

「這麼說起來，我好像也是這樣。」杜軒摸著下巴思考，「不過我這次被轉移的感覺不太一樣。」

「……什麼？」

因為之前一直忙著想辦法逃出療養院，所以沒能仔細問清楚。

現在他們身後沒有追兵、杜軒的性命也無憂，是時候好好整理手邊握有的情報了。

「有個人影把我轉移過來，而且還說什麼『歡迎來到地獄』、『這次絕對要殺了我』之類的話。」

「聽上去像是私仇。」

「拜託，我怎麼可能會有那種仇人。」

杜軒苦笑搖頭，覺得夏司宇在開玩笑。他的本事可沒大到會在這種地方跟人結怨，真要說的話，他覺得夏司宇反而比較有可能。

「看來，你似乎不是我以為的那種『普通人』。」

「別把我說得好像危險物品一樣行不行。」

「事實就是這樣，你每次都能讓我推翻原有的觀念。」

「呃、我又不是自己願意這樣的……」

杜軒搔搔頭，說得有些心虛。

其實他也隱約感覺到自己和其他生者的「不同」，只是之前沒那麼在意。

如今，無論是被連續拉入這些地獄空間、被當成目標攻擊、遇到那個莫名其妙的人影，或是剛才那張複製自己的臉，說著一些讓人摸不著頭緒的話的「光球」，全都讓他無法再將不尋常之處不當一回事。

他想起那句話——不要浪費你原有的力量。

難道說，這跟他的「預見」突然恢復的原因有關？

「貧血嗎？」夏司宇看杜軒久久不說話，便捧起他的臉仔細查看，「果然，嘴唇有點白，不過現在這樣很難去幫你找點什麼東西來補血。」

「不用啦！」杜軒被他抓得很痛，又擺脫不了夏司宇的怪力，只能揮舞雙手表達抗議，但是沒有用。

「雖然傷口復原了，剛才流的血卻沒有再生……看樣子你癒合的只有傷口而已，這點和死者的自我癒合能力有點不同。」

「別把我跟你們相比好嗎？」

「這很重要，如果是一樣的話，那才更令人匪夷所思。」夏司宇抓住他的腋下，把杜軒從地上撐起來。

知道他頭暈外加缺血，短時間內無法移動，所以就讓他坐在沙發上休息。

「既然你有這種能力，至少以後不用擔心你被殺掉了。」

「欸，不不不！給我擔心一下！我可不是每次都能恢復！」杜軒立刻否認，「那個人說了，他只會幫我這次，所以下次被人這樣捅，我還是會掛掉的好嗎！」

他從鬼門關走一遭回來，並不代表得到了不死之身。

夏司宇的想法有夠可怕！還真把他當成全身加持特殊能力的超人不成？

聽到杜軒這麼說，夏司宇看了他一眼，隨即陷入思考。

杜軒忍不住用手刀狠狠往他的頭頂敲下去。

「想屁啊你！這種事還用得著考慮嗎！」

「……嘖。」

夏司宇摸著腦袋，對他來說杜軒的攻擊沒有什麼傷害力，但他還是別說出口比較好。

「先別想這些了，你在這裡休息，等你狀況好點我們再出發。」

「出發……要去哪？」杜軒轉頭看看周圍，「是說這裡是哪裡？」

杜軒雖然知道他們已經離開該死的療養院，但後來因為傷口太痛，又加上失血，所以意識不是很清楚。

「是療養院外面，我也不知道這裡是哪裡，外面有很濃的霧，幾乎看不太到整個地區的情況，但可以確定應該是某座小鎮。」

「小鎮？你是說像歐洲那種路很寬、到處都是獨棟小屋的地方？」

「對。」

夏司宇雖然這樣回答，但實際上他也不是很確定。

若真的是歐美國家的小鎮，就不可能會有這種像是五金行的店鋪。

「外面霧很濃，我怕離開之後會找不到回來這裡的路，所以等你狀況好點我們再一起離開。」

「知道了。」

杜軒嘆口氣，乖乖躺回沙發上。

他不想給夏司宇添麻煩，所以現在他必須趕快恢復精神。

夏司宇沒有武器，要是在這裡遇到什麼危險，他們幾乎沒有辦法反抗。

杜軒在腦海裡思考著許多問題，並慢慢地被倦怠感淹沒。

夏司宇聽見呼吸聲漸漸平穩，這才發現杜軒已經進入夢鄉。

他脫下外套，蓋在杜軒身上，自己則是雙手環胸，靠著沙發坐在地上歇息。

休息幾個小時後，杜軒的體力有稍微恢復一些，但還是很虛弱。

不知道是沙發太硬還是沒辦法安心睡覺的關係，感覺只有體力回升，精神仍然不是很好。

待在同個地方的時間越長，危險性越高，尤其他們又是在這個讓人完全摸不到頭緒的陌生地區，所以兩人很快就決定離開五金行，在迷霧中前進。

離開前，他們先在五金行進行搜刮，把能用的東西帶走。

在找的過程中，杜軒偶然發現巧克力棒，還挺驚喜的。是說他從沒在遊戲空間裡感覺到飢餓，明明會疲勞，但都不會想吃東西。

他好奇地撿起巧克力棒，正好這時夏司宇也把東西翻得差不多了，不聲不響地出現在他身後。

「你在幹嘛？」

「嗚哇！」

杜軒嚇了一大跳，差點沒把手裡的巧克力棒捏碎。

夏司宇沒想到他的反應會這麼大，眨眨眼，一臉狐疑。

「……你又在幹什麼好事？」

「別嚇人好不好？連點聲音也沒有，你是飄過來的嗎？」

「廢話少說，回答。」

「嘖，真固執。」杜軒把巧克力棒拆開來，順勢塞進夏司宇的嘴裡。

夏司宇臉色一暗，狠狠咬斷巧克力棒，凶神惡煞地瞪著杜軒。

「你往我嘴裡塞什麼鬼？」

「巧克力啊！欸，我撿到吃的跟你分享，你還抱怨。」

「哪有人餵死人吃東西的。」

「但你看上去不像不能吃。」杜軒把剩下的一半放進嘴裡，細心品味，「沒想到只有靈魂還是能品嘗食物，真有趣。」

夏司宇不想理他，直接把人拎起來，拖出門外。

「我們在這邊浪費太多時間了，不想死就給我過來。」

「只要不是在那間療養院，怎樣都好。」杜軒邊舔唇邊說，「而且這裡看起來很安全。」

「你這個外行的感想不重要，給我自己走。」

「好啦好啦。」杜軒心不甘情不願地跟著夏司宇，低頭整理胸包裡的東西。

他剛才在五金行的衣帽架上找到胸包的時候，有點嚇到，因為這個胸包和他之前使用的一模一樣，差別只在於裡面是空的，什麼東西也沒有。

不知道是不是在這個遊戲空間裡，能撿到的物品都差不多。

「嗚哇，這霧真的有夠濃，怪不得你說會迷路。」

「嗯，保險起見，我剛才要你拿的東西你有帶著吧？」

杜軒拍拍夾在胸包上的對講機，「有，不過可以的話我不希望用到，而且分太開的話就沒有用處了。」

「有總比沒有好。」

「是沒錯。」杜軒搔搔頭，「我們現在要去哪？你別跟我說你只是隨便走走。」

「我需要武器。」

「呃……你知道要去哪找？」

「死者能感覺到武器的位置。」

「這麼方便？」

「但是你不能進去，所以我去拿武器的時候，你就躲起來，有狀況就用對講機聯絡我。」

「你是因為這樣才要我帶著它？」

夏司宇沒回答，那就應該是這樣沒錯。

慢慢習慣和他相處的杜軒，已經見怪不怪。

夏司宇確實知道自己要去哪，腳步毫不猶豫，只不過周圍的迷霧還是讓人提心吊膽，而且一路上除了之前那間五金行之外，什麼建築都沒有。

走了十分多鐘後，杜軒才終於看到前方有東西出現。

正當他好奇那是什麼的時候，靠近一看才發現，那是間裝潢新潮的公共廁所。

沒錯，廁所就這麼突兀地出現在大馬路邊，而周圍什麼也沒有。

公共廁所是一個小區域，除了男女廁之外，旁邊還有一個小休息區，擺放許多長椅和桌子，除此之外還有像是日式攤販的鋪子，以及自動販賣機。

鋪子上有熱騰騰的食物，卻沒有半個人，不知道這些食物從哪來，也不知道到底煮了多長時間，但它散發出的香味，還是讓杜軒的肚子咕嚕叫個不停。

自動販賣機的亮光能夠穿透濃霧，格外顯眼，上面沒有價錢，標示的按鈕也閃爍著亂碼，像是機械故障。

在外面繞過一圈，確認安全無慮後，夏司宇便對杜軒說：「你在這裡等，我進去一下。」

「幹嘛？尿急？」

「……這裡是死者的武器庫。」

「你認真的？」

「可能會有其他死者接近，所以你躲在鋪子後面，別靠太近。」

看夏司宇的態度，不像是在跟他開玩笑，說穿了這男人也不會跟他開這種玩笑，他沒有這種幽默感。

「知道啦，你快去快回。」

「嗯。」夏司宇摸摸杜軒的頭，接著轉身離開。

杜軒頂著被他弄亂的頭髮，滿頭問號。

這傢伙的行為，每次都讓人摸不著頭腦。

第十夜

鬼門關（下）

外表看上去是公共廁所，但進入後，裡面卻十分寬敞，而且擺放著各種箱子以及鐵櫃，完全就是個軍火庫，和這座小鎮很不搭。

夏司宇並沒有驚訝於巨大的差異，反而比較在意室內的人數。

通常來到補充武器的地點，那裡都只有小貓兩三隻，有時甚至半個人都沒有。不但如此，整體氛圍也十分陰森，就像是進入鬼屋一樣。但這個地方和他以前去過的軍火庫完全不同，不但沒有那種陰暗潮溼的恐怖感，反而還很漂亮。

話說回來，他之前雖然去過那間療養院，卻從來沒有離開過棟建築，根本不知道外面是什麼模樣，所以才會像瞎子摸象一樣，帶著杜軒在外面溜達。

本來夏司宇就覺得這座小鎮的氣氛和他以前見過的其他異空間不同，在看到這座軍火庫的情況後，更加確信自己原先的猜測。

這個地方，十之八九是位於「內部」的空間，因為只有「內部」的軍火庫，才會如此華麗，武器量也比較充足。

但，關於「內部」的情報，他知道的並不多，只能確定待在這裡的生者靈魂，就和在狩獵場的那些人一樣，是注定會被「殺」掉的對象。

雖然「內部」的死者能輕鬆獵取生者靈魂，但死者無法自行踏入這裡，得靠機率分配。

另外，據夏司宇以前接觸過的死者所提供的情報，死者能在「內部」逗留的時間有限，時間一到就會被自動轉移到其他異空間。

生者則相反，他們一旦來到這裡，除非魂飛魄散，否則無法離開。

死人有時間限制，生者則沒有，所以這裡用來獵殺生者的武器比其他異空間更充足。

看樣子他得加快速度，想辦法找出讓杜軒離開這裡的辦法，萬一自己被強制傳送離開，杜軒就真的只能孤軍奮戰了。

那會是最糟糕的情況。

夏司宇看也不看其他死者，連寒暄也省略，直接走到武器架前面，簡單挑選輕便的裝備。

主要是手槍和子彈，接著是能夠隱藏蹤跡的煙霧彈、閃光彈之類的輔助品，再來則是在野外求生時最方便的刀具。

不只是自己能用的武器，他還要找點東西讓杜軒防身。

可惜的是，因為死者有自癒能力，所以軍火庫並沒有任何醫療設備或用品，這點倒是讓人頭痛。

為了方便移動，夏司宇把所有武器收在身上，沒有攜帶任何背包裝補給品，這樣的他有點顯眼，也同時引起其他死者的好奇。

「你就拿這點東西?軍火庫可不是隨隨便便就能找到的，還是多帶點比較好吧。」一個穿著軍服的男人走過來，他看了一眼夏司宇胸前的狗牌，友善地向他伸出手，「我叫蘇亞。」

夏司宇並沒有理會，無視男人釋出的好意，轉身離開。

蘇亞的手空蕩蕩地停在那，最後也只能尷尬地收回，但是他並沒有放棄，緊緊跟在夏司宇身後。

「這裡還滿多軍人的，不嫌棄的話下次一起聚聚。反正我們都是同伴。」

他拍拍夏司宇的肩膀，彷彿兩人感情很好，可惜他的熱情並沒有被接受。

夏司宇飛快抽出手槍，將槍口緊貼在對方的額頭上，眼神比剛才還要冷漠。

「別跟我裝熟，我沒興趣。」

蘇亞苦笑，舉起手表示投降，並乖乖閉上嘴。

夏司宇盯著他三秒，確認他不打算繼續纏著自己，才將槍收回。

在離開前，夏司宇看到旁邊的玻璃櫃裡有手電筒，順手拿一支之後便走了出去。

蘇亞將手放下來，覺得像夏司宇這樣的死者有些特殊。

他似乎不想跟其他人交流，而且剛才如果自己不乖乖放棄，百分之百會被那把槍打死。

「蘇亞，你惹到別人了？」

一名身材瘦弱、頂著亮眼橘髮的男人走過來，歪著頭問。

他從剛才就在旁邊看著蘇亞向夏司宇搭話，親眼目睹自己的隊長被甩。

「大概是搭訕的時機不對吧，我看他好像急著要離開。」面對過來慰問的同伴，蘇亞只是苦笑回答，「大概是習慣單獨行動的那種人吧，看上去挺厲害的，原本還想邀他加入我們。」

蘇亞望著夏司宇離開的方向，仍有些留戀。

他看人的眼光一直都很準，而且他們這個軍人隊伍在死者之間小有人氣，也有不少人聽過身為隊長的他，沒想到在他說出名字之後，反而受到白眼，這種情況還是頭一遭。

蘇亞走回同伴身邊，背起裝滿武器的包包後下令：「差不多該離開了，我們走。」

「是。」

「好咧！」

包括蘇亞和橘髮男在內的七名軍人，就這樣張揚地在其他死者的注視下離開。所有人看著他們的眼神都有些銳利，像是有所堤防，可他們七個都沒人在乎。

夏司宇踏出公共廁所，往杜軒等待的地方走去。

原以為這個人至少會躲起來、不讓人看到，沒想到他竟然大剌剌地坐在長椅上，吃著攤位上的美食。

當杜軒把最後一顆章魚燒塞進嘴巴後，就看到夏司宇雙目冒火，凶神惡煞地瞪著自己。

「你這傢伙……也太沒有危機意識！」

他真想一拳打下去，但最後還是忍住了。

杜軒的粗神經，完全不像是從鬼門關走一趟回來的生還者。

「太香了，我忍不住嘛。」

「這裡太多死者，你這個生者根本是待在狼群裡的小肥羊，被找到的話就會直接沒命。」

夏司宇把杜軒抓起來時，感覺到有群人從公共廁所走出來，立刻拉著他躲到隱密的角落。

「搞什麼！」

「閉嘴。」

夏司宇一聲喝令，杜軒立刻乖乖捂住嘴巴。

他偷偷往外看，發現有群穿著軍服、看上去特別顯眼的小團體，正聚集在販賣機前。點了幾罐飲料後，他們就在長椅附近聊起天來。

「不是通常來到這裡很快就會被轉移出去嗎?但我們都待多久了，怎麼一點要離開的跡象也沒有，轉移機制是不是壞了?」

「天曉得，這種事誰也不知道，反正不管在哪裡，對我們來說都沒差。」

「沒錯沒錯，雖然這裡的生者靈魂不多，實在很清閒，不過偶而這樣放鬆一下也不錯，又不會少塊肉。」

「你當我們是來渡假啊？」

「當然不是，我們是來補給的。畢竟『這裡』的武器比其他空間的更耐用，高品質的武器就是不一樣。」橘髮男笑著說完後，又嘟起嘴，「只是我很討厭裡面的氣氛，那些傢伙盯著我們的眼神有夠討厭。」

「畢竟我們可是超強的隊伍，自然會有眼紅的傢伙。」另外一名同伴拿著可樂，邊說邊笑，看上去很自豪。

而從頭到尾沒有說半句話的蘇亞，則是將飲料喝完後，單手捏扁鐵罐，扔進旁邊的垃圾桶裡。

「差不多該離開了。」

「要去哪？」橘髮男歪頭問，看上去就像天真無邪的孩子。

蘇亞從背包裡拿出一臺儀器，確認上面的資訊後回答：「附近有棟房子，先把那裡當作據點，休息半天後再各自分散去獵殺目標。」

「是！」

「好哦。」

「終於能伸展筋骨了！我想立刻出發可以嗎？」

蘇亞點頭，「可以。」

接著這群軍人就帶著旅遊般的氛圍，有說有笑地離開。

直到人影全數消失在濃霧中，夏司宇和杜軒才從角落裡走出來。

「那些傢伙是幹嘛的？感覺超級危險！」

杜軒直覺認為這群傢伙絕非善類，怪不得夏司宇要拉著他躲好。

夏司宇回答：「他們是很有名的隊伍，全部都是軍人死者。」

「軍人？跟你一樣？」

「嗯，很危險，所以你絕對要離他們遠遠的。」

「只要是死者我都不想靠近。」杜軒摳摳臉頰，不忘補上一句：「除了你之外。」

夏司宇盯著杜軒的臉，表情柔和地摸摸他的頭。

「嗚哇！幹嘛突然這樣？」

「沒什麼。」

夏司宇的心情很好，大概是因為杜軒那句「除了你之外」的關係，不過打死他都不會把這件事告訴杜軒。

剛才蘇亞向他搭話的時候，他就認出了對方的身分，以及他們的隊伍。

老實說，武器庫裡的死者太多，所以夏司宇一開始並沒有發現他們。要是知道這群人也在這，夏司宇就會先迴避，因為他並不是很想跟對方接觸。

雖然軍人都是以團體行動為主，但自從他成為死者之後，就不想再踏入軍隊的行列，所以才會選擇無視蘇亞。

更重要的是，如果被蘇亞他們發現杜軒的存在，恐怕情況會變得更棘手。他不弱，但也無法在七名菁英軍人的手裡保住杜軒的小命。

不過，這趟路也不算是完全沒收穫。

「我大概知道能確定這裡是什麼地方了。」

「什麼？真的假的！難道廁所裡有線索不成？」

「……不是廁所，是軍火庫。」

「無所謂啦！既然你知道的話，就快點告訴我這到底是什麼鬼地方。」

夏司宇又摸摸杜軒的頭，接著如實回答他的問題。

「這裡是『內部』空間，和之前那些空間完全不同，死者人數很多，所以對生者來說是相當危險的地方。」

夏司宇在說這句話的時候，公共廁所裡又走出一批人，於是他藉此機會繼續解釋：「那些人也都是死者，這樣你能明白吧？」

杜軒臉色鐵青，「我現在突然覺得療養院裡還比較安全。」

「不見得，封閉空間和自由空間相比，當然是自由空間的安全性更高。雖然死者人數多對你來說是很危險的事，但相對來說也比較好迴避。」

夏司宇攤手道：「而且你忘記了嗎？療養院裡到處都是那傢伙的眼線，一直被監視的話也不見得安全。」

「你這麼說也對啦。」杜軒苦惱皺眉，雙手環胸，「不過你說的那個什麼內部外部的，我真的聽不太懂。」

「你是希望我為你講解這個空間的設定嗎？我可沒這麼閒。」

「我什麼都不知道的話，很容易會扯你後腿吧！」

「就算知道也不會改變什麼，反正你只要努力活著就好。」

「呿……我已經夠努力了好不好。」

「還得再更努力點。」

「你是魔鬼教官嗎……」

「你聽好，這裡的『死者』會不定時被強制傳送離開，所以我不確定自己能陪你多久。」

「什麼？這種話你應該最開始就要講吧！」

「閉上嘴，聽我說完。」夏司宇單手掐住杜軒的嘴唇，不讓他打岔，「進入『內部』的生者靈魂會被困在這裡，無法離開，但這種事是我從別人那裡聽來的，不確定是不是真的沒有其他辦法，所以我會盡力幫你。」

杜軒推開他的手，扁嘴道：「你會這樣說，就表示你有好點子對吧？」

「嗯，不過我不確定能不能成功。」夏司宇從口袋裡拿出手電筒和刀具，以及閃光彈這類基本防身物品，塞進杜軒的胸包裡，順便把他從五金行裡撿來的雜物扔掉。

「哇！你幹嘛？」

「這些東西比你撿的那些垃圾有用。」

夏司宇面無表情地將杜軒的胸包塞滿，心滿意足地點頭。

「這樣應該就沒問題了。」

「哪裡沒問題！重到我都要駝背了好嗎！」

鼓起的胸包和被撐到極限的拉鍊，讓杜軒十分不滿。

他憤憤地將胸包內容物重新調整，把多餘的東西還給夏司宇。

夏司宇不太高興，但杜軒也不打算退讓。

直視杜軒那雙認真的眼眸一段時間後，夏司宇才嘆口氣，接受他的「退貨」。

「繼續剛才的話題。」夏司宇往旁邊看了一眼，確定安全後，便拉著杜軒的手臂重新踏上那條寬大的馬路，遠離死者聚集的軍火庫。

直到公共廁所消失在濃霧裡，夏司宇才鬆手，說出自己想到的辦法。

「『死者』能使用的武器中，有個東西可以暫時存放獵捕到的靈魂，讓他們隨身攜帶。雖然我不知道這麼做有什麼用，不過現在我們很需要這東西。」

「那是什麼奇怪的道具……」杜軒有聽沒有懂，但他能理解夏司宇為什麼會想要。

夏司宇是打算利用生者會被「轉移」的特性，把他裝在裡面，帶著離開。

如果是其他死者對杜軒說這種話，他絕對不可能答應，但如果是夏司宇，他會毫不猶豫地同意。

夏司宇想保護他、讓他活下去的意圖十分明確，所以他不會懷疑他的任何決定。

「那東西要怎麼拿？」

「我也不知道，可能要問問這裡的其他死者。」

杜軒瞪大雙眼，驚訝地盯著他看。

「你認真？」

「認真的。」

看夏司宇的表情，杜軒知道他沒在開玩笑。

沒辦法，現在除了相信夏司宇之外，他也別無選擇。

杜軒低頭拍拍胸包裡的東西，沉默不語。

夏司宇對他如此坦誠，他是不是也該把自己有特殊能力的事情告訴他？

從小到大，杜軒沒有跟任何人提過「預見」能力的事，就連他家人都不知道。原因之一是他覺得說出來沒人會信，再來是他所看見的未來，都不是什麼好事。

「你看上去好像還想抱怨什麼。」夏司宇無法得知杜軒心裡的想法，以為他還要繼續碎碎念，有點不開心地咂舌，「這已經是我能想到的最佳解決方案，沒有其他更適合的方法。」

「我知道，因為你一直在想辦法保護我，所以我不會懷疑，只是感覺找到那樣物品的難度有點高。」

「那不是什麼稀有的東西，只要知道能在哪裡拿到就好。再不然，我還可以直接從其他死者手裡搶過來。」

「這樣做太危險了吧！要是你出事，剩我一個人怎麼辦？」

「你覺得我做不到？」

「不是，我不懷疑你的實力，只是擔心你會不會有危險。」

「用不著想這麼多，我不會莽撞行事。」

「……好吧。」

兩人繼續在濃霧裡走著，不知道是不是錯覺，總感覺霧氣比剛才濃很多。之前還能隱約看見前面有沒有建築物，現在卻什麼都看不到了，能見度低到讓人絕望。

如果不是腳底下的馬路，恐怕真的會失去方向，誤以為自己被困在原地。

夏司宇抓著杜軒的肩膀往路邊靠，踏上了人行道。

比起走在寬大的馬路，人行道還比較安全，而且比較容易看到建築物。

四周相當安靜，只剩下他和夏司宇的腳步聲，這份寧靜令杜軒不由得緊張起來。

「你有沒有覺得霧變濃了？」

「嗯，不過沒有危險。」

夏司宇的語氣相當輕鬆，看樣子他沒有把濃霧的問題放在眼裡。

兩人沒有多說，又恢復了安靜。

雖然氣氛有些尷尬，但他們根本沒心思去管這種事。

杜軒仍在猶豫要不要告訴夏司宇，自己能夠「預見」未來這件事，他呆呆盯著眼前的濃霧，結果一個恍神，腦海突然閃過大量畫面。

就像翻書頁般，畫面閃過的速度很快，他根本看不清楚內容，同時頭也痛到不行。

杜軒突然蹲到地上，差點沒把夏司宇嚇死。

「杜軒？」

夏司宇停下腳步，扶著杜軒的肩膀。

他之前也見過杜軒出現這種情況，臉色蒼白到讓人心疼。

「我、我沒事。」

杜軒強忍著大腦撕裂般的痛楚，立即抬起頭，緊緊抓住夏司宇的手臂。

「前面……前面有危險！」

「什麼？」

夏司宇還沒理解杜軒這句話是什麼意思，就聽見前方的濃霧裡傳出慘叫。

接著，有幾道人影衝了過來，眼裡根本沒有他們，只有滿滿的恐慌。

深怕這些人會直接撞過來，夏司宇急忙用身體護住蹲在地上的杜軒，等待這些人離開。

但，危險的並不是這些胡亂竄逃的人，而是追逐在後的「怪物」。

踏著高跟鞋、身材玲瓏有緻的美麗身影，優雅地慢步行走。

她的一步就是普通人的兩大步，輕輕鬆鬆就跟上這些全力奔逃的人，同時她的身姿也顯現在所有人面前。

那是名身材高大的女人，穿著連身洋裝，手持洋傘，頭戴可愛的帽子，看得出來經過一番精心打扮。

帽沿的陰影遮住臉龐，只露出鼻子以下的部位，嫣紅的嘴唇帶著笑容，一步一步地拉近距離。

夏司宇抱著杜軒，在看清「怪物」後，不悅地咂舌。

「該死，居然跑出這種東西。」

女子的聽覺很靈敏，飛快地轉動眼球，盯著夏司宇。

夏司宇單手按著長外套下的槍套，隨時準備攻擊，然而這名高大的女子卻沒有行動，無視夏司宇的存在，直接掠過他身邊。

她隨著那群尖叫逃跑的人離開，身影很快就消失在濃霧裡。

直到確定高跟鞋的聲音越來越遠，夏司宇這才鬆開懷抱。

「真讓人不爽。」

他總覺得那女人知道杜軒在他懷裡，卻沒有選擇攻擊，就像是故意放過他一樣。這種感覺讓夏司宇略為不爽，總覺得被小看了。

剛才那群人應該都是生者，不過直到現在才突然冒出來，總覺得十分可疑。還是說，他們踏入了生者的活動範圍？

「喂，沒事吧？能站起來嗎？」

夏司宇發現抓住自己的細瘦手臂仍在顫抖，急忙甩開思緒，觀察杜軒的情況。

杜軒的額上滿是汗水，瞳孔瞪大，像是受到很嚴重的驚嚇，快要喘不過氣來了。

他急忙拍著杜軒的背，低聲說道：「慢慢來，不要急。」

原本是想幫助杜軒，好讓他的呼吸恢復平順，可是杜軒卻突然緊緊抓住他，用力搖頭，「不是，不是那個……不是……」

「你沒頭沒尾的，到底在說什麼？」

夏司宇是真的聽不懂，只覺得杜軒突然變得如此恐慌，有些奇怪。

難道這傢伙有恐慌症不成？可是直到剛才為止都相安無事，怎麼會突然發作，而且還是在什麼事情都沒發生的情況下。

杜軒見夏司宇根本沒有聽懂自己的意思，滿臉著急，接著他像是意識到什麼，撲向夏司宇，將他壓倒在人行道上。

夏司宇原本想罵人，結果濃霧裡卻傳出響亮的槍響。

接著，他看到身邊的地面被子彈打穿，留下明顯的彈孔。

普通的子彈不可能如此強勁，當夏司宇意識到這點的同時，立刻抓住杜軒，提高警覺觀察周圍。

但，除了濃霧之外，他什麼都沒看到。在這種情況下，也很難判斷子彈射來的方向。

沒有防備的他們，就像是在槍手面前赤身裸體，隨時都可能會被狙殺。

「該死，是從哪裡……」

杜軒大口喘息，緊抓著夏司宇的胸口，小聲道：「左、左邊。」

夏司宇雖然搞不懂杜軒為什麼會知道，但仍選擇相信他，直接把人抱起來，朝他說的方向全力衝刺。

後腳跟才剛離開原地，一發子彈又貫穿地面。

夏司宇沒有理會，向前直衝，果然在杜軒說的方向看到像是牆壁之類的物體。

他原本以為是建築物，沒想到出現在眼前的竟然是座山洞。

說是山洞，但洞頂裝著橘色燈泡，洞內也明顯經過修整，比起荒郊野嶺的洞窟，更像是有人管理的觀光景點。

「你是要我進去這裡嗎？」

「……我可不想被槍打死。」

杜軒的臉色依然慘白，但呼吸似乎平順了些。

他堅定地說：「不用擔心，再怎麼樣都比外面安全。」

見杜軒都說到了這個份上，夏司宇也只能選擇相信。

就這樣，夏司宇抱著杜軒進入山洞，正如他所說，狙擊似乎僅限於山洞外面的區域。

「你知道是誰在開槍？」

「不知道。」杜軒說的是實話，而且他的「預見」只有看見夏司宇的腦袋被子彈射穿，然後自己跑進這座山洞後，狙擊就停止了。

夏司宇盯著杜軒的臉，似乎是懷疑他有事瞞著自己，不過沒有開口問。

「意思是你也不知道這山洞通往哪？」

「……不知道，但肯定比剛才那裡安全。」

杜軒是這樣認為的，而這裡的明亮光線，也讓他的心情輕鬆許多。

至少不是待在那種什麼也看不見的迷霧裡，失去方向、根本不知道自己要去哪。

夏司宇靜靜地抱著杜軒前進，沒過多久，他們就看見了出口。

原以為終於能到比較正常的地方，然而當他們看見外面的景色時，一瞬間說不出話來。

「什、什麼鬼！」

杜軒忍不住驚呼，夏司宇則是皺緊眉頭，不自覺地嘖了一聲。

洞口外仍是一片濃霧，景色也和另外一端沒有什麼不同，到頭來他們還是沒能離開濃霧範圍。

「看樣子狀況並沒有比較好。」

「我越來越討厭這些霧了怎麼辦？」

「還能怎麼辦？」夏司宇聳肩道，「只能繼續前進了。」

回去的話很可能會再被狙擊手盯上，所以他們只能沿著這條路走下去。

「不管發生什麼事，我都不會讓你死。」

杜軒抿唇，突然覺得有點害羞。

被人這樣保護的感覺真的挺讓人心動的，他可以明白為什麼電影裡的女主角總是容易迷上拯救自己的英雄。

「反正再怎麼樣也不會比之前更糟，對吧？」

「除非你能預知未來會發生的事，否則誰也不知道接下來會遇到什麼危險。」

聽到夏司宇這樣說，杜軒心虛地抖了一下，接著苦笑。

夏司宇垂下眼簾，沒把杜軒奇怪的反應放在心上，就這樣抱著他走出山洞，逐漸被擾人的濃霧徹底淹沒。

——《殺戮靈魂02》完

後記

各位好，我是突然發現這部小說快變成雙主角奇遇記的墨鏡草。

這本寫的時候正好是我最容易卡稿的五月，寫起來速度格外慢，讓我更加懷疑自己寫第一集時的超快速度究竟是發生什麼事，當然，最後還是順利把第二集完成了。

這集兩位主角的戲份偏多，也藏了比較多設定在裡面，這些後面都會慢慢解答，大家不要急，看下去就會明白。

原本是打算多寫點戰鬥場景的，不過這集的戰鬥比較少，更多是偏向驚悚類的劇情，但考慮到這部畢竟不是恐怖小說，所以有調整恐怖度，讓不擅長看這類型的讀者也能順順地看下去。

杜軒的祕密在這集當中雖然沒有揭露，只有大概帶過，不過第三集就會主要講述杜軒的特殊能力，以及為什麼他會被刻意抓到異空間的原因。除了會有新的主要角色登場之外，也會和之前失散的同伴重逢哦～

另外，關於「梁宥時」這個角色為什麼會反覆出現又失憶的原因，也會在第三集揭曉。

第一集是校園與森林，第二集是精神療養院及迷霧小鎮，第三集的場景則會持續迷霧小鎮以及另外一個新地點，至於會是什麼，坑草就先暫時保密，因為還沒開始寫，坑草自己也不知道是什麼（喂）。

最後，感謝購買及閱讀這本小說的你，如果喜歡的話請給予坑草支持，讓坑草能夠繼續寫下去。我們下本後記再見^^！

草子信

草子信ＦＢ：https://www.facebook.com/kusa29

高寶書版集團
gobooks.com.tw

輕世代 FW384

殺戮靈魂02

作　　者　草子信
繪　　者　茶渋たむ
編　　輯　林雨欣
校　　對　薛怡冠
美術編輯　彭裕芳
排　　版　彭立瑋
企　　畫　李欣霓

發 行 人　朱凱蕾
出　　版　三日月書版股份有限公司
　　　　　Printed in Taiwan
地　　址　臺北市內湖區洲子街88號3樓
網　　址　www.gobooks.com.tw
電　　話　(02) 27992788
電　　郵　readers@gobooks.com.tw（讀者服務部）
傳　　真　出版部　(02) 27990909　行銷部 (02) 27993088
郵政劃撥　50404557
戶　　名　三日月書版股份有限公司
發　　行　英屬維京群島商高寶國際有限公司台灣分公司
　　　　　Global Group Holdings, Ltd.
初版日期　2022年 9 月

國家圖書館出版品預行編目(CIP)資料

殺戮靈魂/草子信著.-- 初版. -- 臺北市：三日月書版股份有限公司出版：英屬維京群島高寶國際有限公司臺灣分公司發行, 2022.09-
面；　公分. --

ISBN 978-626-7152-26-3(第2冊：平裝)

863.57　　111012107

三日月書版

GOBOOKS & SITAK GROUP ©

GOBOOKS
& SITAK
GROUP©